www.tredition.de

AF197795

Lisa Bolt

„... dann bin ich um den Schlaf gebracht."

© 2015 Lisa Bolt

Verlag: tredition GmbH, Hamburg

ISBN
Paperback: 978-3-7323-2125-4
Hardcover: 978-3-7323-2126-1
e-Book: 978-3-7323-2127-8

Printed in Germany

Dieser Roman erzählt die Geschichte einer Frau, die heimlich und unentdeckt mit dem Kodex einer Gesellschaft bricht und dieser Gesellschaft so einen Spiegel ihrer selbst vorhält: Nach außen hin eine ehrenwerte Gesellschaft, in der man nur das Beste für die Firma, die Kollegen oder den Patienten will, spielen sich hinter dieser Fassade rücksichtslose Ellenbogenmanöver, Intrigen und Gemeinheiten ab.

Damit rechnet Inge ab.

Inge ist 57 Jahre, und es geht ihr gut. Das war nicht immer so. In diesem Roman erfahren wir ihre Geschichte. Diese Biographie ist voller Überraschungen. Es ist eine Geschichte, wie sie in Deutschland heute nicht mehr selten ist: Eine Frau, die sich über ihr aktives Leben, über ihre Arbeit definiert, wird gemobbt. Das ist ein Angriff auf den Kern ihres Selbstverständnisses, der sie zu zerstören droht. Inge weiß sich jedoch zu wehren....

Neben dieser zentralen Handlung entsteht ein deutsches Panorama der zweiten Hälfte des 20. Jahrhunderts: Nachkriegsjahre im Münsterland, der Zweckoptimismus der sechziger und siebziger Jahre, die Hausbesetzerzeit im Berlin der achtziger Jahre, die Entstehung der Zwei – Drittel – Gesellschaft in den neunziger Jahren. Aber es ist nicht immer alles deutsch in diesem Roman.

Alfonso, der Balletttänzer aus Costa Rica, wird zu Inges Freund und Verbündeten.

Nach seinem Tod bleibt für Inge mehr als nur die Erinnerung an Alfonso. Seine Spiritualität hat sie nachhaltig beeinflusst. Inge ist jedoch nicht, wie Alfonso, vom Schicksalsschlag einer schweren Krankheit betroffen. Sie wird von realen Menschen gequält, die sich keine Gedanken über die Konsequenzen ihrer niederträchtigen Handlungen machen. Darum wählt sie einen anderen Weg...

Ähnlichkeiten mit lebenden Personen sind rein zufällig

1

Für einige Probleme gibt es keine Lösungen. Man kann sich nur mit der Verschiebung des Problems helfen. Eine Verschiebung ist eine Bewegung in Raum und Zeit. Sie kann eine Flucht sein, manchmal auch ein Mord.

Als Inge ihr Frühstück beendet hatte, entspannte sie sich, seufzte tief und glücklich, ließ ihre Gedanken in die Vergangenheit schweifen. Bei schönem Wetter saß sie auf der großen Terrasse, an die sich ein gepflegter parkähnlicher Garten anschloss. Nach ihren Entwürfen hatte sie kürzlich die Terrasse neu pflastern lassen. Farblich verschiedene Steine aus Granit und dunklem Basalt bildeten mit weißen, gelben, rötlichen, schwarzen und grünlichen Marmorstücken ein harmonisches Ganzes aus Blumen und Vögeln.

Die Pflasterer, die bei ihren üblichen Aufträgen abwechselnd Windrosen und Firmenlogos legen mussten, hatten Inges Entwurf begeistert und mit Präzision ausgeführt. Eine auch von ihr entworfene Überdachung aus Aluminium und Polycarbonat schützte sie vor UV-Strahlen und die Terrasse vor Witterungseinflüssen. Farblos hartlackbeschichtet sah sie wie Glas aus und ließ ihr einen freien Blick auf üppig wachsendes Herkuleskraut und flammend roten Hibiskus.

Im großen Garten wuchsen alteingewurzelte Laub- und Nadelbäume. Stauden, Gräser und immergrüne Gehölze kannten keine tote Jahreszeit. Von März bis August blühten Azaleen und Rhododrenden in den Farben gelb, rot, weiß und blau. Hortensien sorgten im Sommer für eine Blütenpracht.

Vor dem Haus leuchteten in einem großen ovalen Beet Rosen aller Arten in rosa, lachsfarben und dunkelrot, den ganzen Tag den wärmenden Sonnenstrahlen ausgesetzt.

Inges Blick streifte das Frühstücksservice aus Meißner Porzellan, das silberne Besteck. Früher hätte sie sich so ein Service gern gewünscht, um es hinter Glas zu stellen und zu bewundern, nicht aber, um es zu benutzen.

Das Haus war groß, aber keinesfalls protzig, sondern strömte von innen und außen Behaglichkeit aus.

Sie empfand es als ein Wunder, dass es ihr jetzt so gut ging und sie ein sorgenfreies Leben führen konnte. Noch immer befiel sie kindliches Erstaunen, wenn ihr bewusst wurde, was sie alles besaß. Jeden Tag durchstreifte sie Raum für Raum, strich über die wertvollen alten Möbel, bewunderte die Gemälde, das Porzellan, die alten Uhren, Teppiche, die antiken Sammlungen aus Ägypten, konnte sich nicht sattsehen an den vielen Büchern, in denen sie oft auf ihrer Terrasse las.

Viele Gegenstände erinnerten sie an ihre Besuche in den Museen von Berlin, Brüssel, Paris, Prag und anderen Städten. Besonders in Kunstgewerbemuseen hatte sie viel Vergleichbares entdeckt.

Sie war zwar nicht materialistisch eingestellt, dachte dennoch oft an ihre Kindheit zurück, die sie in Armut verbracht hatte. Die späteren Jahre waren auch nicht rosig gewesen, hatte sie doch für ein Haus für ihre Familie gespart, alleine ein neues Leben aufgebaut, für ihre Kinder gesorgt und auf vieles, was für andere selbstverständlich war, verzichtet.

Noch vor wenigen Jahren hatte man ihre Existenz zerstört, ihr die Würde genommen und zuletzt den Lebensmut. Depressionen, Krankheiten und Schmerzen waren die Folge.

Aber sie hatte auch Hilfe von anderen Menschen erfahren. Sie verfügte über mehr Kräfte, die in ihrem Inneren schlummerten und geweckt werden mussten, als sie je geahnt hatte. Mit dem Mut der Verzweiflung hatte sie, als sie dachte, es sei schon alles vorbei, wieder ein neues Leben begonnen, und es war ihr gelungen, die schlimme Zeit zu überwinden. Außerdem hatte sie sich etwas Gerechtigkeit verschafft und inneren Frieden gefunden, indem sie zwei Mitläufer und Handlanger, die an ihrem Untergang mitschuldig waren, bestraft hatte.

Ein sanftes Rauschen bewegte Baum- und Strauchspitzen. In einem Schneeflockenbaum sang ein Blaumeisenpaar, ein Rotkehlchen in einem Pfeifenstrauch stimmte ein. Inge schaute auf die Vögel, die Würmer aus dem Rasen zogen und sich an der Vogeltränke erfrischten, und dachte an ihre Vergangenheit.

2

1945 war sie auf der Flucht in einem Straßengraben geboren worden. Der Treck hatte unterwegs schon einige Alte, Kranke und Babys verloren, die hungers gestorben waren, darunter auch ihre Großeltern. Inges Mutter war halb wahnsinnig vor Angst. Doch da waren noch ihre zwei älteren Kinder, die vierjährige Anna und der sechsjährige Thomas, für die sie sorgen musste. Somit konnte sie sich keine Schwachheiten erlauben.

Traumatisiert vom Verlust ihrer Heimat, ihrer Eltern, ihres Besitzes, in Ungewissheit über das Schicksal ihres Mannes in Russland, kam die Mutter zerlumpt, erschöpft und ausgezehrt, mit zwei kleinen Kindern und einem Säugling, in ein Auffanglager. Dort wurden die Flüchtlinge auf die Städte und Dörfer verteilt. Der Krieg hatte rund 20 Millionen Menschen ihrer Heimat beraubt.

Sie fanden Unterkunft in einer Kleinstadt im Münsterland, lebten in Baracken, mit vielen Menschen in einem Raum. Die nächste Notunterbringung erfolgte auf einem Bauernhof.

Die kleinstädtische Amtsverwaltung stand vor der schwierigen Aufgabe, die ihr zugewiesenen Flüchtlingsströme alle irgendwie und irgendwo vorübergehend notdürftig unterzubringen.

Gelegentlich erinnerte sich Inge an die schlimmes Jahre, wenn in kalten Winternächten der Frost in den Schlafzimmerwänden glitzerte, an das rot glühende Ofenrohr in der Küche, welches von den im Wald gesammelten Holzstückchen überheizt war. Der Küchenboden bestand aus braun gestrichenem Estrich; mehrere übereinander gezogene Socken verhinderten kalte Füße.

Den sonntäglichen Vanillepudding, der auf der Fensterbank kaltgestellt wurde, hatten Mäuse angeknabbert und ihren Kot hinterlassen. Mausefallen mussten gekauft und mit Speckstückchen versehen werden, die man nur ungern hergab. Ein winziger Raum, den sie „das Wohnzimmer" nannten, hatte einen kleinen Ofen, so dass dort das samstägliche Vollbad genommen werden konnte, ohne dass die Kinder zu sehr frieren mussten.

Thomas sammelte regelmäßig an einem Güterbahnhof Brennmaterial auf, das beim Entladen der Wagen heruntergefallen war. Der kleine Allesbrenner im „Wohnzimmer", mit Koks, Kohle, Briketts oder Holz gefüttert, verbreitete wohlige Wärme. In einem Einkochkessel auf dem Küchenherd erhitztes Wasser wurde in die ins kleine Zimmer gestellte Zinkwanne geschüttet. Das Vollbad war bei den Kindern nicht sehr beliebt wegen des damit verbundenen Aufwands. Außerdem traktierte Mutter die zarten Kinderhäute mit einer Bürste - schließlich sollten ihre Kinder sauber sein.

Mutter und Anna weinten viele Tränen, als eines Tages in Annas schönen dichten Haaren Läuse entdeckt wurden. Sie hatte sie sich

in ihrer Schulklasse geholt, da viele Familien, die in Baracken lebten, nicht so gute Körperhygiene betreiben konnten. Das Etikett
auf der Flasche mit dem Spezial- Haarwaschmittel zeigte Flam-
men. Annas Schreie bei der Haarwäsche bestätigten diesen Hinweis.

Ein Plumpsklo befand sich in 40 Meter Entfernung und verur-
sachte bei allen Übelkeit und Ängste, vor allem dann, wenn man
es im Dunkeln aufsuchen musste. Inge hatte deswegen oft Alb-
träume.

In der Schweinewiese standen Apfelbäume, deren heruntergefal-
lene Äpfel gelegentlich von Thomas aufgelesen wurden, aber immer so, dass es nicht auffiel. Die Bauernfamilie war geizig. Daher
mochte die Mutter nicht um Fallobst betteln. Bratäpfel, im Back-
ofen schrumpelig und saftig geschmort, waren sehr beliebt und
geschätzt. Thomas hatte auch ein gutes Gespür für heimliche Ge-
lege der Hofhühner; stolz brachte er ab und an „organisierte" Eier
heim. Mutter schimpfte zwar, das sei nicht erlaubt, dennoch ge-
nossen sie und die Kinder frische Eierpfannkuchen und Apfelmus
sehr.

Inge hatte einen unbändigen Appetit. Mutter führte dieses darauf
zurück, dass sie als Baby nur mit Muttermilch ernährt werden
konnte. Bindemittel wie Haferflocken oder Maismehl waren nicht
zu bekommen, daher bekam sie ihr Baby nicht satt. Jahre später
erzählte sie noch von Inges Hungergebrüll, das ihr damals den
letzten Nerv raubte.

Wegen der Armut musste das Essen zugeteilt werden. Trotz Mutters Ermahnung „Kind, iss nicht so viel" versuchte sie durch
schnelles Essen davon abzulenken, dass sie wieder etwas zu viel
aß, weil sie von einem unstillbaren Hunger besessen war. Nie
hatte sie später ihre schlechte Angewohnheit, schnell zu essen, ab-
legen können, obwohl sie alles versuchte. Als sie erkannte, dass

sie es nicht schaffte, mied sie Einladungen zu Essen, um nicht negativ aufzufallen.

Wenn sie im Ort Kinder sah, denen noch das Eigelb an den dicken Wangen klebte, begriff sie, dass es den Einheimischen besser ging.

Mutter ließ sich gehen, wenn es kräftige Gewitter gab. Dann nahm sie Inge auf den Schoß, schaute in die zuckenden Blitze und weinte. Vergeblich wartete sie auf die Rückkehr ihres Mannes aus Russland. Bei keinem Transport der heimkehrenden ehemaligen Kriegsgefangenen war er dabei. Nicht zu wissen, ob er noch lebte oder längst gefallen sei, zermürbte sie. Trauer um die auf der Flucht gestorbenen Eltern, um die verlorene Heimat, die armseligen Verhältnisse, hielten sie gedrückt, jedoch verlangten die Kinder nach Wärme, Nahrung und Kleidung.

Auf Mutters Schoß sitzend, kuschelte sich Inge fest in deren Arme, die sie streichelten, wollte sie sie doch trösten. So gaben sie sich gegenseitig Wärme und Geborgenheit, ein Grundbedürfnis, das für Inge immer in ihrem Leben das Vorrangiste sein würde.

3

Die Flüchtlinge und Heimatvertriebenen waren anfangs in dieser katholischen Gegend nicht wohlgelitten, da sie überwiegend evangelisch waren. Die Einheimischen waren in der Überzeugung groß geworden, allein ihr Glaube sei seligmachend. Als eine kleine Kirche erbaut und eine Pfarrstelle eingerichtet wurde, gab man den Flüchtlingen ein Stück Heimat zurück. Lange genug mussten ihre Gottesdienste in einer Baracke abgehalten werden, von eigens aus Münster angereisten Pastoren, die für die Gemeinde Fremde blieben.

Die Mutter hielt ihre Kinder mit Strenge zu guten Benehmen, ordentlicher Kleidung und bravem angepassten Verhalten an, damit, wie sie meinte, niemand sagen solle „Schon wieder diese Flüchtlinge!".

Wie sehr beneidete Inge die katholischen Kinder, wenn sie sich in ihren weißen Kommunionskleidchen an der Fronleichnamsprozession beteiligten.

Weihrauchdüfte, die funkelnde Monstranz, geflaggte, mit Blumen und Blüten geschmückte Straßen, festlich gekleidete Menschen, das alles beeindruckte sie sehr.

Sie war glücklich, als die Bauerntochter Maria mit ihr Heiligenbilder gegen Glanzbilder tauschte. Leider machte Mutters kräftige Hand diesen Tausch wieder rückgängig.

Bald erfasste sie, dass es zwei Arten von Menschen gab, und zwar wohlhabende bedeutende und arme unbedeutende. Die erste Gruppe besaß Bauernhöfe und schöne Häuser, und die zweite wohnte in Notunterkünften.

Als sie eines Tages zum Wald gingen, um Holunderbeeren zu pflücken, kamen sie an einem Kartoffelacker vorbei, auf dem einige der Ärmsten „nachgestoppelt" hatten, das heißt, sie hatten die bei der Kartoffelernte übersehenen Erdäpfel nachgelesen. Ein Reiter galoppierte heran, sprang vom Pferd und herrschte die Sammler an „Leeren Sie sofort ihre Beutel, oder ich hole die Polizei. Was sie hier machen, ist Diebstahl!" Er trug eine dicke Tweedjacke, Reiterhose und Reitstiefel. Mit einer Gerte schlug er erregt gegen seine Stiefel. Er wiederholte seine Drohungen, obwohl alle nach der ersten Aufforderung ängstlich, eingeschüchtert und beschämt ihre Taschen und Beutel leerten. Einige Frauen weinten, als sie niedergeschlagen nach Hause gingen. Zufrieden schwang sich der Gutsverwalter auf sein Pferd und stob davon.

Inge und ihre Geschwister waren vor Schreck wie gelähmt, dann waren sie wütend und schimpften, da sie nicht verstanden, warum die Kartoffeln wieder hergegeben werden mussten. Es gab doch davon mehr als genug für den Gutshof. Traurig und lustlos pflückten sie danach Holunderbeeren. Kein frohes Wort fiel. Sie waren von dem Vorfall betroffen. Seither hasste Inge das Auftreten von Menschen, das denen von „Herrenmenschen" glich, wie sie es bei dem Gutsverwalter einprägsam erlebt hatte.

Bei anbrechender Dunkelheit lief Thomas zum Acker und füllte einen Beutel mit Kartoffeln. Vom benachbarten Feld las Anna übriggebliebene Weizenähren auf. Dankbar umarmte Mutter ihre Kinder. Sie befreiten die Ähren vom Weizenkorn, das mit der Kaffeemühle zu Mehl gemahlen wurde, und Mutter buk einen Kuchen, wie ihn die Kinder noch nie gegessen hatten.

Die Winter waren streng, der Weg zur Schule weit. Durch Inges bereits von Anna abgetragenes dünnes Schuhwerk, drang der klirrende Frost. Schnell hatte sie an Fingern und Zehen Erfrierungen und musste sich aufwändigen Prozeduren mit Fuß- und Fingerbädern, schwarzer Salbe und Verbänden unterziehen.

Oft wurde sie nach der Schule auf dem Heimweg als „evangelische Ratte, die zum Teufel geführt wird", beschimpft. Mehrere Kinder rotteten sich zusammen, traten ihr vors Schienbein, rissen an ihren Zöpfen, schlugen sie. Trotz hoffnungsloser Übermacht schlug sich Inge gut; die Wut über das ihr widerfahrene Unrecht gab ihr ungeahnte Kräfte. Häufig half nur noch weglaufen. Immerhin lernte sie, kräftig zurückzuschlagen und schnell zu rennen. Diese Nachstellungen machten sie allerdings sehr zornig und traurig.

Bei diesen Zusammenstößen verlor sie gelegentlich Zopfspangen, meistens trug ihre Kleidung Winkelhaken und andere Risse davon. Mutters Schimpftiraden ergossen sich dann über sie, als ob es ihre Schuld sei. Inges Verteidigung über ihre Unschuld an den Prügeleien und die von ihr empfundene Ungerechtigkeit tat sie achselzuckend mit der Bemerkung ab „Wieso, das ist doch ganz normal. Das haben wir früher bei uns auch so mit den wenigen katholischen Kindern gemacht. Lerne, schneller wegzulaufen."

Wenn die Bauerntochter von der Bäuerin beim Spiel mit Inge erwischt wurde, ertönte der Schrei „Maria, komm da sofort weg!", und Inge war allein. Viel später erinnerte sie Franz Josef Degenhardts Lied „Spiel nicht mit den Schmuddelkindern..." an solche Episoden.

4

Endlich waren die Neubauten fertiggestellt, die Flüchtlinge konnten ihre Notunterkünfte verlassen und die Wohnungen beziehen. Inge staunte über ihre schöne Wohnung mit zwei Zimmern, Küche, Bad. Mutter, Thomas und Anna liefen immer wieder ins Badezimmer. Die Zinkwanne hatte ausgedient. Glücklich wurden die Heizkörper registriert. Der Albtraum mit dem Donnerbalken auf dem Bauernhof war beendet. Die Baracken konnten abgerissen werden. Die kleinen Stuben auf dem Hof gehörten wieder den Mäusen allein.

Am schlimmsten hatte es die im Keller eines Wasserschlosses Untergebrachten getroffen, da dort die Räume sehr feucht und kalt waren. Die älteren Bewohner waren schon von Rheuma befallen. Überglücklich nahmen sie von den neuen Wohnungen Besitz.

Manchmal bedauerte Inge, dass kein Vater vorhanden war. Mutters Einkommen reichte nur für das Allernötigste. Doch wenn Klassenkameradinnen, deren Väter auch im Feld geblieben waren, von den neuen Ehemännern ihrer Mütter berichteten, war sie froh, dass Mutter allein blieb.

Einige hatten bei ihren Stiefvätern nichts zu lachen. Die neuen Geschwister wurden bevorzugt, die Mädchen waren die Aschenputtel, die Mütter hielten nur zu ihren Männern. Eine Freundin durfte erst auf dem Sofa im Wohnzimmer schlafen, bis ihr Stiefvater endlich zu Bett ging. Sein Zigarettenqualm quälte sie Nacht für Nacht, da half auch kein Lüften.

Inge begriff, dass es viel Arbeit und Energie kostete, wenn es einem nicht schlecht gehen sollte. Im bäuerlich strukturierten Münsterland gab es für Frauen überwiegend nur saisonale Feld- und Erntearbeit bei verschiedenen Bauern, gelegentlich noch Putzstellen.

Nie vergaß Inge, mit welchem hohen körperlichen Einsatz die Mutter für ihre Kinder sorgte, die schmale Kriegerwitwenrente aufbesserte. Feldarbeit und Erntehilfe waren das Anstrengendste, was sich das Kind vorstellen konnte. Die Mutter, hoch auf dem Erntewagen, in schneller Folge die Garben packend, das Gesicht staubig, schweißrinnend, ein Kopftuch mit dem sie sich den Schweiß von der Stirn wischte - Inge fühlte sich hilflos, da sie nichts zum Lebensunterhalt beitragen konnte.

Zwiebeln ziehen, Rüben vereinzeln, hacken, später ziehen und auf die Karren laden, Kartoffeln sammeln, alles machte Mutter mit; ihre Hände sahen schrecklich aus, der Rücken schmerzte sehr. Abends strickte Mutter noch Pullover, Röcke, Strümpfe, Mützen und Schals, damit sie immer gut angezogen waren. Die Wolle dazu gewann sie aus zu klein gewordenen Stricksachen, die sie sorgfältig aufwickelte. Nachts nähte sie oft für Bekannte und Nachbarn oder besserte deren Kleidungsstücke aus.

Jahrelang lief sie in einem dünnen Mäntelchen herum, durch das der Winter pfiff, und hatte ihr Haar zu einem Knoten gedreht, um das Geld für den Friseur zu sparen. Wichtig war ihr nur, dass ihre Kinder nicht zu sehr benachteiligt waren, weil kein Vater für sie sorgen konnte.

Inge empfand Mutters Putzstelle in einem Haushalt mit Textilgeschäft als eine enorme Verbesserung des Broterwerbs. Besonders liebte sie die von dort mitgebrachten dick geschmierten Leberwurstbrote.

Seit sie elf war, half auch sie nach der Schule bei Bauern mit und konnte sich mit dem gesparten Verdienst nach zwei Jahren ein Fahrrad kaufen.

Die Mutter versuchte zwar, ihren Kindern Selbstbewusstsein einzuflößen, musste sich aber zusammennehmen, um ihr eigenes aufrecht zu erhalten. All ihre Energie steckte sie in die Aufgabe, die Kindheit der drei Geschwister glücklich zu gestalten.

Da die älteren Geschwister viele Freundinnen und Freunde hatten, blieb Inge viel allein und half in ihrer Freizeit der Mutter im Haushalt oder schuftete beim Bauern.

Leider erbte sie Mutters ernsten Gesichtsausdruck, was ihr später häufig zum Nachteil gereichte. Er wurde ihr als mürrisch und unzufrieden ausgelegt. Von ihr dann schnell künstlich hervorgerufenes Lächeln verlor sich spätestens nach zwei Minuten in ihrem Gesicht, da war nichts zu machen. Ihre ernsten Züge gehörten zu ihr, wie ihre Hände und Füße.

Die Ermahnungen, stets fleißig, gewissenhaft und korrekt zu sein, nahm sie sich zu Herzen, denn Mutter meinte, dieses führe auch zum Erfolg im Leben, und den wollte Inge unbedingt haben, damit es ihr später einmal besser ginge.

Volksschule, Handelsschule und kaufmännische Lehre schloss sie mit guten Erfolg ab und fand sofort einen Arbeitsplatz als Buchhalterin. Die Arbeit gefiel ihr und wurde gut bezahlt. Inge sparte viel, um das durch Annas Heirat freigewordene Zimmer neu möblieren zu können. Damit wollte sie Mutter und sich eine Freude bereiten.

5

Inges Haus lag in einer ruhigen Seitenstraße Baden-Badens, die nur von Anliegern befahren wurde. Wenn sie sich zur Nachtruhe ins Bett legte, erinnerte sie sich gelegentlich an ihre Zeit im schrecklich lauten Berlin, wo die Nacht zum Tag gemacht wurde. Selbst nachts wurde gehupt, die Autotüren heftig zugeschlagen. Überlaute Autoradios rissen Anwohner aus dem Schlaf, Motoren heulten wie auf einer Rennstrecke auf. Wenn sie um 22 Uhr zu Bett ging und das Glück hatte, schnell einzuschlafen, rissen sie oft schreiende Kinder aus dem Traum. Ihr Herz raste, weil sie sich noch darüber aufregte, dass es Eltern egal war, ob ihre Kinder um 22:30 Uhr draußen spielten, während andere längst schliefen. Mit großer Anstrengung fiel sie in den erlösenden Schlaf, um erneut durch einen von der Arbeit kommenden Musiker geweckt zu werden, der mit viel Mühe und Geräuschen sein Auto einparkte, um anschließend mit einem anderen Heimkehrer lautstark endlose Gespräche zu führen.

Herzschmerzen stellten sich ein. Sie versuchte, sich zu beruhigen. Als sie in einen Dämmerzustand glitt, wurde sie durch laute Toilettenspülungen am Schlaf gehindert. Irgend wann glaubte sie zu träumen, Elefanten trampelten durch ihre Wohnung. Verstört setze sie sich auf, registrierte die Uhrzeit von halb 1 Uhr und hörte, wie das Treppenhaus von Fußgetrappel und Gesprächen erfüllt war. Wieder einmal ließen die Mieter im 4. Stock ihre Gäste aus dem Haus, was sich anhörte, als liefe eine Schulklasse durchs Haus.

Es viel ihr schwer, sich wieder zu beruhigen und Schlaf zu finden. Gegen 5 Uhr fuhren die Ersten zur Arbeit. Lautes Türenschlagen und Startgeräusche ließen nur noch Halbschlaf zu. Gerädert und genervt stand sie um 6 Uhr auf, um sich auf ihren Dienstbeginn um 7 Uhr vorzubereiten. Im Laufe der Jahre ließ die allgemeine Rücksichtnahme noch mehr nach, der Geräuschpegel stieg und störte sie sehr.

In der Stille ihrer neuen Umgebung liebte sie ihr Heim um so mehr. Dieses wunderschöne, im Jugendstil erbaute Haus hatte ihr Rudolf, ihr kürzlich verstorbener Mann, hinterlassen. Es strahlte Frieden, Harmonie und Wohlstand aus, schenkte Schutz und Geborgenheit. Das durch verglastes Oberlicht erleuchtete Treppenhaus wurde mit Spiegeln optisch vergrößert. Rankenartig eingefügte Lampen verwirrten spielerisch.

Obwohl ihr schon ein wenig Wohlstand genügt hätte, genoss sie den Reichtum, der sich auch in der wertvollen Einrichtung ausdrückte. Sie legte ihre Lieblings- CD von Maria Callas ein. Schon beim ersten Titel „Casta diva" musste sie regelmäßig über den ergreifend schönen Gesang weinen. Den durch das geöffnete Fenster herein strömenden frühherbstlichen Geruch atmete sie tief ein. Dieser ließ in ihr Erinnerungen an ihr Heimatstädtchen im Münsterland wach werden. Vor ihrem geistigen Auge erschienen der Ort und der Fluss, der sich an einem Wasserschloss vorbei schlängelte.

Fachwerkhäuser schmiegten sich um eine alte Pfarrkirche. Auf der anderen Seite der Bahnlinie lag das neue Viertel, das Siedlungsgebiet der Flüchtlinge. Wasser, Uferbewuchs, Felder, Gärten, Wiesen und Wälder – dieses alles erzeugte ein Duftgemisch, das unauslöschbar in ihr abgespeichert war und sie wieder und wieder in die Vergangenheit zurückversetzte.

6

In ihrer alten Heimat hatte Mutter im neu eröffneten Furnierwerk feste Arbeit gefunden, die zwar auch schwer war, aber ein geregeltes Einkommen mit Rentenanspruch bedeutete. Häufig machte sie Doppel- oder Nachtschichten. Bescheidener Wohlstand stellte sich ein, von allen dankbar wahrgenommen.

Durch Abschaffung konfessionsgebundener Schulen, Einrichtung von Gemeinschaftsschulen und eine allgemeine Verweltlichung fanden die Menschen unterschiedlicher Glaubensrichtungen zueinander. „Mischehen" wurden akzeptiert, ohne dass der evangelische Partner konvertieren musste, wie seinerzeit Inges Schwester Anna bei ihrer Eheschließung mit einem Katholiken.

Wer im Ort keine Arbeit fand, erhielt sie in der nahegelegenen Stadt Münster in Verwaltung, Handel, Banken, Gerichtsbarkeit, Versicherungen und Gewerbe.

Jährlich drei Schützenfeste für Bauern, Bürger und Junggesellen, ein stets am ersten Sonntag in August stattfindendes Galopp- und Trabrennen, das waren die gesellschaftlichen Höhepunkte.

Als Inge, 21-jährig und voller Sehnsucht nach einer Beziehung, auf einem Schützenfest mit dem 25-jährigen Michael Schneider tanzte, kam es, wie es kommen musste. Heftige Verliebtheit auf beiden Seiten hielten beide für Liebe. Beide waren sicher, mit einer Heirat das Glück für immer festhalten zu können. Sie waren beide ausgehungert nach Zärtlichkeit, jeder sah in dem Anderen den Traumpartner. Oft sprachen sie ihre Gedanken und Wünsche synchron aus.

Nach einem Jahr brachte Inge Tochter Esther zur Welt, 14 Monate später den kleinen Raphael. In ihrer 50 qm kleinen Wohnung schmiedeten sie Pläne für ein eigenes Haus. Das war ihrer beider Traum. Da beide gut verdienten, konnten sie rasch über die erforderliche Anzahlungssumme verfügen. Michael bekam bei einer Bank in Münster jährlich 14 Gehälter ausgezahlt. Eine nette Nachbarin betreute gegen moderate Bezahlung die Kinder.

Auf einer Wiese, in der noch Kälber grasten, suchten sie ihr Grundstück aus. Schnell wurde parzelliert, Kanalisation und Straßen gebaut. Da Michael handwerklich nicht sehr geschickt war, entschied man sich für ein gelb verklinkertes Fertighaus, mit braun abgesetztem Kellersockel und Walmdach, einen Winkelbungalow.

Ein Maurer hatte einen Baubetrieb gegründet und ihnen als ersten Kunden preislich günstig einen Keller hochgezogen, mit hohen Wänden und gut isoliert. Rasch wurde das Haus gebaut, der Traum wurde Wirklichkeit. Inge war überglücklich, hatte sie jetzt endlich ein schönes Heim für ihre Familie. Die Raten waren zwar hoch, doch auf ihrer beider Einkommen zugeschnitten.

Im Rechnungswesen einer großen Versicherungsgesellschaft im nahe gelegenen Münster hatte Inge zwar sehr viel Arbeit, dennoch gefiel es ihr dort. Während der Heimfahrt mit der Bahn konnte sie sich entspannen. Zu Hause warteten die Kinder und die Hausarbeit. Michael half anfangs noch, wie versprochen, mit, doch wurde seine Mitarbeit immer weniger. Ein ständig schlechtes Gewissen gegenüber ihren Kindern zwang sie zu erhöhten Aktivitäten mit ihnen.

Haus und Fenster mussten geputzt, der Garten gepflegt werden. Samstags stand der Großeinkauf an. Sie fuhr mit den Kindern in den Nachbarort ins Hallenbad, machte mit ihnen Radtouren, sonntägliche Ausflüge zu Wasserburgen in Verbindung mit Picknick im Wald - schließlich wollte sie Esther und Raphael eine gute Mutter sein. Bei den abendlichen Gesellschaftsspielen wie Mühle und Dame, „Mensch ärgere dich nicht" und Monopoly nickte sie gelegentlich ein.

Inge wurde immer dünner und nervöser. Michael unterstützte sie kaum noch, bald stelle er ganz seine Mitarbeit ein und widmete sich in seiner Freizeit dem Leeren von Bierflaschen. Sein gesteigertes Alkoholbedürfnis wurde von im Neubauviertel häufig stattfindenden gemeinschaftlichen, nicht enden wollenden Trinkgelagen gefördert, z.B. am „Vatertag", zu Geburtstagen, Namenstagen und sonstigen konstruierten Anlassen.

Das Haus war noch lange nicht so eingerichtet, wie Inge es wünschte. Passende Gardinen fehlten noch, schöne Teppiche und Möbel ebenfalls. Der Garten war recht kahl und hatte noch viele Pflanzen und Sträucher nötig. Bei Nachbarn und Bekannten bat sie um Ableger und Samen.

Die Kinder wuchsen schnell und brauchten häufig neue Kleidung und Schuhe. Da Michael Inge oft bestahl, kam sie nicht mehr mit dem Geld aus. Sie musste abends ihre Geldbörse verstecken, konnte sich aber manchmal am nächsten Morgen nicht mehr an das Versteck erinnern. Wenn sie es endlich fand, stellte sie trotzdem immer wieder fest, dass Michael ihr zuvor gekommen war.

Als er regelmäßig Kneipen aufsuchte und dort Schulden machte, weil er jedem, der ihm auf die Schulter klopfte und sagte, was für ein toller Kerl er doch sei, Bier und Schnaps spendierte, wurde die finanzielle Lage immer schlechter.

Nachts lag sie wach, wartete auf sein Heimkommen. Erschöpft und übermüdet musste sie den nächsten Tag bewältigen. Jedes vernünftige Gespräch erstickte er im Keim. Wenn er volltrunken heimkehrte, beschimpfte er Inge auf übelste Art und Weise, bezeichnete sie als Hure und dösiges Kalb.

Fürchterlicher Eifersuchtswahn stelle sich bei ihm ein, der Inge völlig verstörte. Sämtliche Arbeiten waren von ihr zu erledigen. Die Kinder hielten sich immer öfter bei Freunden auf. Sie konnten es nicht mehr ertragen, dem trinkenden und pöbelnden Vater zuzuschauen.

Als Inge von einem gemütlichen Betriebsfest um 23 Uhr nachhause kam, lauerte er hinter der Tür, um sie fürchterlich zusammenzuschlagen. Dabei stieß er wütend üble Beleidigungen aus, sie habe das Fest genutzt, um ihn wieder zu betrügen. Sie flüchtete zu ihrer Mutter, bei der auch gerade die Kinder übernachteten.

Das Gesicht war angeschwollen, die Augen zierten „Veilchen". Dick geschminkt und mit einer Sonnenbrille getarnt fuhr sie zum Dienst. So sah also das Ende ihrer Wünsche und Träume aus. „Trautes Heim - Glück allein", eine heile Welt, ein Nest für ihre Lieben – ihre Traumwelt trudelte in den realen Abgrund.

Die Scheidung wurde eingerichtet. Vorerst wohnten sie noch bei der Mutter. Tage später fing Michael sie vor der Haustür ab und bat weinend um Verzeihung und Rückkehr, versprach, nie wieder zu trinken. Sie zog die Scheidung zurück und versöhnte sich mit ihm.

Michael trank danach heimlich und lutschte ständig Pfefferminzbonbons. Inge bat ihn wiederholt, mit ihr zusammen die anonymen Alkoholiker oder einen Arzt aufzusuchen, was er empört von sich wies, schließlich sei er kein Alkoholiker.

Zum zweiten Male schlug er sie. Als er auch bei den Kindern zulangte, sah sie die Zeit gekommen, die Kinder und sich in Sicherheit zu bringen. Sie war verzweifelt.Sämtliche Finanzmittel steckten im Haus, auf dem noch Lasten ruhten. Wo sollten sie ohne Geld hin? Ihre Mutter war herzkrank, brauchte ihre Ruhe, konnte ihr auch finanziell nicht helfen.

Sie bat Michael um eine einvernehmliche Scheidung. Dieser rastete völlig aus und drohte ihr, sollte sie ihn jemals verlassen, würde er sie finden und umbringen.

Gelähmt vor Angst, hilflos, ohne zu wissen, was zu tun sei, verbrachte sie die nächsten zwei Monate. Die Kinder bedrängten sie. Wenn sie sich nicht bald mit ihnen in Sicherheit begeben würde, so würden sie ohne sie fortlaufen.

7

An einem Freitag, es war der letzte Tag im April- Inge kam am späten Nachmittag mit Raphael vom Tierarzt zurück, der seinen kranken Hund behandelt hatte – stand Michael in der Tür und verlangte, Inge solle mit ihm zum Tanz in den Mai gehen. Da sie merkte, dass Widerspruch zu riskant sei, willigte sie ein. Rasch zog sie sich eine hübsche Bluse und graue Samthose an. Als sie den Reißverschluss der Hose zuziehen wollte, ging Michael brüllend auf sie zu, sie, die alte Hure, wolle sich mit ihrer offenen Hose prostituieren, und erhob die Hand.

Raphael griff nach seinem Hund, zog Inge in sein Zimmer und verschloss die Tür. Ihr Sohn zitterte vor Angst. Da trat Michael die Tür ein, der Rahmen splitterte. Eng umschlungen kauerten beide ängstlich in der Ecke. Übelste Beschimpfungen ergossen sich, aber er schlug nicht zu. Als er endlich fortging, die Haustür mit lautem Knall zuschlagend, eine starke Alkoholfahne hinterlassend, gingen sie in Esthers Zimmer und schlossen sich erneut ein, fielen sich weinend in die Arme. Esther war über das Wochenende bei einer Freundin.

Zwei Tage lebten sie eingeschlossen im Kinderzimmer. Die Toilette wurde nur aufgesucht, wenn sie glaubten, dass Michael gerade schlief oder nicht im Haus war.

Die Kinder stellten sie erneut vor die Alternative, mit ihnen fort zu gehen oder zu erleben, dass sie sich ohne sie in Sicherheit bringen würden. Sie versprach ihnen, alles Erforderliche in die Wege zu leiten und bat sie um Verschwiegenheit.

Ihr Goldschmuck brachte auf der Waage eines Münsteraner Juweliers einen guten Preis. Die Sparbücher der Kinder wurden aufgelöst – bei den Konfirmationen waren stattliche Beträge zusammengekommen – nun hatte sie ihr Startkapital. Bei ihrer Kündigung gestand sie ihrem Chef die Gründe. Er riet ihr, nach Berlin zu ziehen, da es dort noch genügend Arbeit gäbe und sie einigermaßen vor etwaigen Nachstellungen ihres Mannes sicher sei, da Alkoholiker zur Bequemlichkeit neigten. Zweimalige Grenzüberschreitungen seien für ihren Mann sicherlich auch abschreckend. Außerdem biete eine Großstadt in dieser Hinsicht etwas Sicherheit.

Ihr wurde erlaubt, während der Arbeit Kurzbewerbungen an verschiedene Institutionen und Firmen in Berlin zu versenden. Auf dem Postamt richtete sie eine postlagernde Adresse ein, damit Michael nichts in die Hände bekam.

Einige Firmen antworteten positiv, sie solle, wenn sie in Berlin sei, sofort einen Vorstellungstermin ausmachen.

Die Kinder waren begeistert, dass für sie ein friedlicher Neubeginn weit weg von dem schrecklichen Zuhause geplant war.

Eine mütterliche Freundin aus Berlin namens Mimi, die sie in Münster auf dem Weihnachtsmarkt kennengelernt hatte und mit der sie gelegentlich im Briefverkehr stand, sicherte ihr bis auf weiteres Unterkunft in ihrer großen Wohnung zu.

In der letzten Septemberwoche machte sich die kleine Familie auf den Weg nach Berlin. Tage vorher hatte Inge überlegt, was sie an Wäsche und Kleidern mitnehmen sollte. Heimlich versteckte sie das Nötigste im Kofferraum, voller Furcht, von Michael entdeckt zu werden. Trotz aller schlimmen Erlebnisse fiel ihr der Abschied von ihrer Heimat schwer. Sie war bis auf 50 kg abgemagert.

Sie glaubten, schlechter als zu Hause könne es ihnen in einer fremden Stadt auch nicht gehen, voller Hoffnung auf ein besseres Leben und doch auch voller Angst über die ungewisse Zukunft.

8

An die darauf folgende Zeit erinnerte sich Inge nur ungern. Der Faktor Mensch ließ nicht zu, dass Frieden und Harmonie in ihr Leben traten. Von ihrer Schwester erfuhr sie, dass Michael brüllend vor der Wohnung ihrer Mutter pöbelte und bei Dunkelheit

Steine gegen die Fensterscheiben warf. Sie machte Inge dafür verantwortlich, dass die herzkranke Mutter leiden musste. Inge fühlte sich fürchterlich schuldig und sorgte sich. Alle hatten ihren heimlichen Fortgang befürwortet, doch mit Michaels Ausfällen hatte niemand gerechnet.

In einer Körperschaft öffentlichen Rechts erhielt sie im Rechnungswesen Arbeit; sie bekam die Stelle einer in den Ruhestand gehenden Mitarbeiterin. Es hätte aufwärts gehen können, wäre sie nicht an eine wahnsinnige Kollegin geraten. Dieser Frau namens Kittel war vom Kassenleiter die Position versprochen worden, die Inge bekommen hatte und die federführend war.

Als sie am Buchungsautomaten saß und Zahlen eingab, wurde sie von Frau Baro angesprochen „Da schwätzt unsere Frau Kittel wohl wieder stundenlang auf dem Flur und überlässt uns die Arbeit, dann kann ich Ihnen noch etwas erzählen. Letztes Jahr auf der Geburtstagsfeier des Kassenleiters hat er dieser Frau Kittel im angetrunkenen Zustand ein Küsschen aufgedrückt und, auf ihren fülligen Busen schielend, gesagt „Na, meine Kleene, du wirst hier den Laden schon schmeißen, wenn die Baro mal in Rente geht". Das hat die natürlich sofort geglaubt und ist jetzt tückisch, dass Sie eingestellt wurden."

Jedoch hatte der Personalchef nie in Erwägung gezogen, dieser unqualifizierten Mitarbeiterin, die Näherin gelernt und sich nie weitergebildet hatte, mehr Verantwortung zu geben und war froh, Inge einstellen zu dürfen.

Anfang der siebziger Jahre hatten einige Unternehmen aus Sparsamkeitsgründen und Arbeitskräftemangel kaufmännisch unerfahrene Leute in der Annahme eingestellt, diese würden sich einarbeiten lassen. Dieses traf auch überwiegend zu. Nur einige schwammen auf der Fettwelle und betrachteten ihre „Bürotätigkeit" als Freibrief für ein bequemes Leben am Schreibtisch. Zu dieser Art gehörte Frau Kittel, die weder eine Schreib- noch eine Buchungsmaschine bedienen konnte.

Sie bestach eine jüngere Kollegin mit Geschenken, die technischen Arbeiten für sie zu erledigen; sie selbst machte nur die Vorbereitungen. Als sie erfuhr, dass eine Fremde aus Westdeutschland die von ihr ersehnte und vom Abteilungsleiter versprochene Position erhielt, brach für sie die Welt zusammen. Sie lebte in einer Scheinwelt, schwankte zwischen größenwahnsinniger Selbstüberschätzung und schrecklichen Komplexen. Ständig falsche Anwendungen der deutschen Grammatik versuchte sie mit unpassenden Fremdwörtern auszugleichen.

Als sie berichtete, der Berufswunsch ihrer Tochter - einer stillen, blassen Person, sei Entertainerin, erntete sie ungläubiges Staunen. Die Kolleginnen fragten nach und heraus kam der Berufswunsch Designerin. Ihr Lieblingsstein war der Amethyst, den sie nur „Ammatüst" nannte. Sie berlinerte so vulgär, dass es nicht nur Inge auffiel.

Inge war entsetzt über den ihr entgegenschlagenden Hass. Darauf war sie nicht vorbereitet. In Münster hatte sie nur höflichen, teilweise freundschaftlichen Umgang mit Kolleginnen erfahren, von denen etliche aus kleinen Orten stammten, in denen es keine Arbeit gab, und die daher einen Arbeitsplatz zu schätzen wussten.

Auch hatte Inge nicht gelernt, sich gegen verbale Gemeinheiten zu wehren. Eloquenz war nie ihre Stärke, schlagfertige Antworten fielen ihr immer eine halbe Stunde später ein. Friedliches, ruhiges Arbeiten war ihre Stärke.

Frau Baro musste täglich mindestens einmal sagen „Seien sie jetzt endlich still, Fau Kittel", was auch für kurze Zeit befolgt wurde. Nachdem sie den wohlverdienten Ruhestand angetreten hatte, war niemand da, der Frau Kittel zurechtwies und sie daran hinderte, Inge laut Hackordnung auf die unterste Stufe der Leiter stoßen zu wollen.

Frau Kittel und die jüngere Kollegin blickten bei jedem von ihr gesprochenen Satz bedeutungsvoll an die Decke, räusperten sich, süffisant lächelnd und hüstelnd. Auf jede ihrer Fragen erhielt sie eine patzige Antwort. So musste sie sich alleine einarbeiten, was ihr dann bei ihrer Berufserfahrung gut gelang.

Von der Arbeit kommend, setzte sie sich weinend an den Tisch. Ihre Nerven, ihr Selbstbewusstsein waren durch die Ereignisse der letzten Jahre angegriffen. Dünnhäutig war sie geworden. Ratlos war sie dieser neuen Situation ausgeliefert.

Die Kinder standen hilflos daneben, hatten doch auch sie enorme Anpassungsschwierigkeiten. In Nordrhein-Westfalen wurde kein optimaler Schulunterricht erteilt, da Lehrermangel herrschte. In ihren Zeugnissen prangte in den wichtigsten Fächern der Stempel „Wegen Lehrermangel nicht erteilt". Esther und Raphael brauchten eine starke Mutter, die sie unterstützte, und kein weinendes Nervenbündel. Auch für sie wurde das Jahr 1981 das schwierigste in ihrem bisherigen Leben. Hier waren die Klassen mit den Lernstoffen erheblich weiter, und zwar lückenlos.

Mimi, die mütterliche Freundin, hatte ihnen vorübergehend die Wohnung überlassen und war solange zu ihrem Freund gezogen. Inge war auf sich allein gestellt, könnte niemanden um Rat fragen. Gelegentlich spielte sie mit dem Gedanken, den Personalchef um Hilfe gegen die Gemeinheiten von Frau Kittel zu bitten. Diese war aufgrund ihrer Bereitschaft, immer und mit jedermann endlose Plaudereien zu führen, sehr beliebt. Häufig verteilte sie selbstgebackenen Kuchen, Salate, selbst Gulaschsuppen schleppte sie an. Inge fürchtete, als Querulantin dazustehen, sollte sie sich über diese Kollegin beschweren; sie hatte mit so einer Lage keine Erfahrung.

9

Täglich mussten sich die Kolleginnen absprechen, wer um welche Zeit den Dienst beendet. Damals mussten die Büros noch bis 17 Uhr besetzt sein. Bisher klappte wenigstens diese Verständigung. An einem Donnerstag um 15:30 Uhr gab Frau Kittel auf Inges Frage nach deren Dienstschluss keine Antwort. Inge musste noch zum Elternabend, wollte aber noch vorher zum Friseur gehen und daher schon um 16 Uhr das Büro verlassen. Sie wiederholte die Frage, um dann ein „Lassen Sie mich in Ruhe, ich weiß noch nicht, wann ich gehe" als Antwort zu erhalten. Sie sammelte all ihren Mut und bat die Kollegin - die Jüngere hatte gerade frei - freundlich, aber bestimmt, sie möge doch endlich ihre Aversion gegen sie einstellen. Frau Kittel hatte nichts gegen Fremdwörter, solange sie nur von ihr und dabei grundsätzlich falsch angewandt wurden. Wenn andere sich ihrer bedienten, sah sie rot und regte sich auf. Auf Inges Wort „Aversion" reagierte sie prompt allergisch, sprang von ihrem Stuhl auf und auf sie zu, schrie „Dich dumme Göre werde ich es schon zeigen" und hob die Hand zum

Schlag. Inges panische Angst vor Schlägen ließ sie sofort aufspringen und weglaufen. Vor Schreck blieb ihr das innerliche Lachen über die falsche Grammatik dieser Drohung im Halse stecken.

Sie lief in die Kasse, Frau Kittel mit erhobener Hand hinterher, dann in die Gehaltsbuchhaltung, wo sie sich hinter dem breiten Rücken einer Kollegin in Sicherheit brachte. Diese redete beruhigend auf Frau Kittel ein. Inge bekam Weinkrämpfe.

Der Kassenleiter berichtete dem Personalchef von dieser Angelegenheit und bat ihn um Schlichtung. Bei diesem wurden sie beide zusammen am nächsten Tag einbestellt. Seine Rede war „Da sind wohl der Wedding und der Kohlenpott aufeinander geprallt. Los, vertragt euch, reicht euch die Hände". Inge verstand das mit dem Kohlenpott zwar nicht, reichte ihr dennoch die Hand zum Frieden. Frau Kittel gab ihre Hand mit abgewandtem Gesicht und erdreistete sich noch zu sagen „Das hätte nicht bis zu Ihnen dringen müssen", woraufhin der Chef „Seien Sie doch still, es hat ja schon Kreise gezogen, da Sie Frau Schneider überall schlecht gemacht haben" antwortete.

Inge wäre gern im Erdboden versunken. Ihre liebe Kollegin hatte sie also übel verleumdet. So konnte sie sich die merkwürdigen Blicke und das Getuschel der anderen erklären.

Auch war sie von einer Kollegin aus der benachbarten Abteilung mehrfach völlig unbegründet persönlich ziemlich rüde angegriffen worden. Diese Frau gehörte auch zum Freundeskreis von Frau Kittel. Inge erinnerte sich an einen Vorfall vor einer Woche, als sie in die Mittagspause gehen wollte und ihre Handtasche auf ihren Schreibtisch gestellt hatte, um sich vorher noch rasch zu kämmen. „Nehmen Sie sofort Ihre Tasche da weg, sonst heißt es hinterher noch, ich hätte Sie bestohlen" tönte es von dieser Person, die bei Frau Kittel stand, um mit ihr ein Schwätzchen zu halten. Inge war sprachlos, konnte nichts entgegnen.

Jetzt wunderte sie nichts mehr, nachdem sie vom Personalchef von Frau Kittels übler Nachrede erfahren hatte. Was hatte sie denn getan? Sie wollte doch nur in Ruhe und Frieden leben, arbeiten und für ihre Kinder sorgen.

10

Vom Schöneberger Amtsgericht bekam sie in ihrer Scheidungsangelegenheit eine Vorladung und musste dort nur Fragen eines Richters zu ihrer Ehe beantworten. Kurze Zeit danach wurde die Scheidung ausgesprochen. Das alleinige Sorgerecht bekam sie. Sie war froh, dass sie Michael nicht wiedersehen musste und somit außer Gefahr war.

Der Hausverkauf ging ebenfalls schnell vonstatten, schließlich wartete die Bank auf ihr Geld. Als sie das Scheidungsprotokoll erhielt, weinte sie vor Glück. Sie war jetzt frei von Terror und Beleidigungen. Kein Mann sollte sie mehr demütigen. Auch die Kinder brauchten Frieden und Sicherheit.

Dass Michael keinen Unterhalt zahlte, eines Tages verschwand und nie wieder auftauchte, überraschte sie nicht. Die Behörden klärten sie auf, dass dieses öfter vorkomme als man glaube. Sie verdiente zum Glück ausreichend, um für die Kinder und sich zu sorgen.

Die Wohnungssuche gestaltete sich als äußerst schwierig. Samstagabends holte Inge um 18 Uhr die Sonntagsausgabe mit dem größten Wohnungsmarkt, um sie rasch nach akzeptablen Angeboten zu durchforsten. Häufig waren die dort angegebenen Telefonanschlüsse ständig besetzt. Beim Zustandekommen einer Verbindung erfuhr sie vom Band Datum und Uhrzeit der Wohnungsbesichtigung.

Die Momente der Wohnungsbesichtigungen wären drehreif gewesen. Menschentrauben füllten Treppenhäuser, wälzten sich durch die Räume. Sie sah feuchte Wohnungen, verkommene Räume. Einmal fand sie in einem Badezimmer eine nicht angeschlossene Toilette und eine mit Bauschutt gefüllte Badewanne. Im dunklen Flur hing von der Decke ein Strick. Vermutlich hatte sich damit der letzte Bewohner aus Gram über diese Bruchbude aufgehängt. Dunkle Kellerwohnungen und Hinterhofbehausungen, die keine Sonne sahen, ermutigten sie auch nicht.

Wenn ihr eine Wohnung gefiel, wollte man für den möblierten Sperrmüll horrende Summen als „Abstand" kassieren, was sie weder wollte noch konnte. Auf eine schriftliche Bewerbung hin verlangte eine Hausverwaltung von ihr die Bescheinigung eines Kammerjägers, dass ihre letzte Wohnung ungezieferfrei sei.

Sie war verzweifelt, konnte sie doch nicht länger Mimi aus ihrer eigenen Wohnung vertreiben. Diese behauptete zwar, sie sei bei ihrem Freund gut untergebracht, doch Inge war es sehr unangenehm, dass es mit der neuen Wohnung nicht klappen wollte.

Ein Bild, über das sie noch lange lachen konnte, hatte sich bei ihr während einer Wohnungsbesichtigung festgesetzt, und zwar war dieses eine mitten in einer Küche prangende nachträglich eingebaute Toilette, die schrankartig umbaut war.

Als sie dem Personalchef über den Weg lief, der ihr die Sorgen ansah und nach deren Grund fragte, erzählte sie ihm von ihrer erfolglosen Wohnungssuche.

Durch seine Vermittlung konnte sie zwei Wochen später eine 2 ½-Zimmerwohnung mit Küche und Bad beziehen. Die kleine Familie war darüber mehr als froh.

Frau Kittel grollte mürrisch „Da sieht man's mal wieda, da kommen die aus Wessiland und nehmen unsaeens noch die Wohnungen weg, wo wir auf so 'ne Wohnung Jahrzehnte warten müssen."Da ihre „Lieblingskollegin" allerdings häufig mir ihrer eigenen großen Neubauwohnung prahlte, tat es Inge keiner Weise leid, „unsaeens" eine Wohnung weggenommen zu haben und genoss ihr Glück.

Esther schaffte mit großem Fleiß und Hilfe ihrer Lehrer und Mitschüler den Anschluss in ihrer Klasse der Grunewaldschule. Da Raphael ein anderes Gymnasium besuchte, wo ihm keine Hilfe zuteil wurde, gelang ihm dieses nicht. Als er sich bemühte, eine heroinsüchtige Schülerin zu retten, sie vom „Babystrich" fernzuhalten, wurde dieses in der Schule völlig missverstanden.

Er wurde gewaltsam an Ferse und Armen auf Einstiche untersucht. Dermaßen gedemütigt, verlor er jede Motivation; den fehlenden Lernstoff nachzuholen war ihm unmöglich.

Inge war verzweifelt. Was sollte nur aus ihrem Jungen werden? Es sollte noch schlimmer kommen. Als Esther 16 Jahre alt wurde, zog sie in ein besetztes Haus, Raphael mit 15 Jahren ebenfalls. Inge verstand die Welt nicht mehr, Jetzt, wo gute Voraussetzungen geschafft waren, wollten die Kinder sich ihr entziehen.

Sie suchte eine Ärztin auf, die ihr in der schlimmen Zeit mit Frau Kittel Beruhigungstabletten und etwas menschliche Wärme gegeben hatte. Erneut gab diese ihr ein Medikament und riet ihr, nicht das Jugendamt einzuschalten, wodurch die Lage möglicherweise verschlechtert werden könnte. Sie solle sich am besten damit abfinden, dass ihre Kinder junge Erwachsene seien.

Abends saß sie allein in ihrer Wohnung und weinte viel. Immer öfter suchte sie die Schuld bei sich, weil sie ihnen wegen eigener Sorgen am Arbeitsplatz keinen Halt geben konnte. Endlich nahm sie all ihren Mut zusammen und besuchte ihre Kinder in den verdreckten verwahrlosten Häusern. Oft wurden die Wohnungen durchsucht; die Polizisten grüßten Inge freundlich und mitleidig, wenn sie wieder einmal kam.

In der Abendschau, dem lokalen Nachrichtenmagazin, sah sie die um den Winterfeldplatz herum stattfindenden Demonstrationen, die nie gewaltfrei endeten, und sorgte sich sehr. Doch die Kinder beruhigten sie, dass sie sich nicht an Gewalt beteiligen würden.Als sie spürte, dass ihre Kinder von den anderen Jugendlichen Geborgenheit und Halt bekamen und auch nie einsam waren, lernte sie, die für sie als Mutter schlimme Lage zu akzeptieren. Ihre regelmäßigen Besuche ließen sie sogar ihre eigene Einsamkeit vergessen; auch sie bekam menschliche Zuneigung zu spüren.

11

Mehrmals im Monat besuchte Inge das Baden-Badener Friedrichsbad, in dem sie sich herrlich entspannt und unbeschreiblich wohl fühlte. Großer innerer Frieden und eine ebenso große Genugtuung breiteten sich in ihr aus. Regelmäßig drängten sich ihr dort die gleichen Bilder auf. Waren es die wärmenden Wasserstrahlen, die sie aufheiterten, oder die Erinnerung an ihre erste Gegenwehr. Der sanfte Strahl einer schwachen Düse massierte ihr wohltuend den Rücken.

Sie erinnerte sich an ein Seminar, in dem drei Tage lang „Teamgeist" trainiert werden sollte. Es war April 1997, ihre Dienststelle befand sich in der Umstrukturierung, die von süddeutschen Unternehmensberatern organisiert wurde.

Man hatte ihr seit September 1996 stark zugesetzt, indem man sie fühlen ließ, dass sie nicht mehr dazugehören sollte. Der Druck, den man auf sie ausübte, war stark und hatte sie schon zermürbt.

Es wurde ihr zu offensichtlich vermittelt, dass man sie loswerden wollte.

Das Seminar sollte drei Tage dauern, die Gruppenstärke belief sich auf zwanzig Mitarbeiter. Das ganze Haus sollte, über Wochen verteilt, daran teilnehmen, die Führungskräfte natürlich unter sich.

Kolleginnen, die bereits teilgenommen hatten, berichteten von einer völlig überflüssigen Veranstaltung. Die Dozentin habe kein Konzept, spiele viel mit der Videokamera, führte hinterher den Nonsens noch vor.

Inzwischen war die Stimmung im Hause dermaßen schlecht, dass niemand mehr offen Kritik übte. Viele wussten nicht, wie die Umstrukturierung für sie enden würde.

In einem Hotel im Süden Berlins fand das Seminar statt. Die Dozentin Frau Weichmann, eine 32-jährige Honorarkraft der Unternehmensberater, war fesch, dynamisch und arrogant. Schon über die Art und Weise, wie sie die Augenbrauen hochzog, regte Inge sich auf, ihr Magen krampfte sich zusammen.

Verstört tat sie so, als mache sie mit, gab sich jedoch Mühe, den dummen Floskeln nicht mehr zuzuhören. Bei den blödsinnigen Spielchen vor laufender Kamera bekam sie Herzschmerzen.

Da stand Frau Weichmann nun vor der Gruppe und schwadronierte mit wie zum Gebet gefalteten Händen. „Letztens hatte ich in einem Kölner Betrieb die Belegschaft von 12 000 auf 10 000 Mitarbeiter heruntergefahren. Ich sage Ihnen nur `change it or leave it.' Überall musste abgespeckt werden." Inge kochte innerlich vor Zorn. Öffentlich durfte jetzt in einer so obszönen Wortwahl gesprochen werden wie „abspecken, herunterfahren". 2 000 Menschen wurden wieder auf die Müllhalde der Gesellschaft geworfen, und damit prahlte diese Frau auch noch. Das war doch nicht mehr normal, wenn die Achtung vor der arbeitenden Bevölkerung verloren ging.

In ihrem kurzen Rock trippelte die Dozentin im Seminarraum auf und ab und gab damit an, wie angenehm sie es empfinde, in ihrem Hotelzimmer Blumen, Konfekt und Obst vorzufinden, und alles nur vom Besten. Sie ließ Inge spüren, dass sie darüber informiert war, es bei ihr mit einem „Auslaufmodell" zu tun zu haben. Inge fand, Frau Weichmanns Gesicht schrie nach Ohrfeigen; die rechte Hand juckte ihr heftig. Sich zur Ruhe zwingend, hörte sie sich gezwungener Maßen mit undurchdringlichem Gesicht die Floskeln an.

Beim Mittagessen setzte sich Frau Weichmann zu Inge und fragte katzenfreundlich, wie denn ihr Umstrukturierungsgespräch beim neuen Personalleiter verlaufen sei. Inge antwortete „Nicht so gut. Herr Werra fragte mich, ob ich überhaupt noch mit in den Neubau ziehen wolle." Ein großes Haus befand sich im Bau, da einige Abteilungen schon zur Miete untergebracht werden mussten. Die Dozentin fragte „Was meinen Sie wohl, wen ein Unternehmer, der Mitarbeiter abbauen will, fragen soll, wenn nicht die über 50-jährigen?" Inge fragte zurück „Wie bitte, soll das Sozialamt meine Endstation sein? Mein Rentenalter ist auf 65 Jahre heraufgesetzt und nicht auf 52 herabgesetzt worden." Ihr Gegenüber antwortete eiskalt „Sie sind ja gar nicht mehr mit den neuen Strukturen Ihrer Institution vertraut."

Inge blieb die Luft weg und die Antwort schuldig. Wie im Koma erlebte sie den Nachmittag. Es wurde doziert „Wenn Sie einen Störenfried in ihrer Gruppe haben, so sorgen Sie dafür, dass er in eine andere Gruppe kommt." Ein Programmierer fragte „Und was macht dann die andere Gruppe mit diesem Mitarbeiter?"

Frau Weichmann lächelte nur süffisant und schüttelte bedeutungsvoll den Kopf.

Abends konnte Inge keinen Bissen herunter bekommen. Im Magen und im Darm brannte es wie Feuer. Sie fragte sich, wie sie das hier noch zwei weitere Tage überstehen sollte.

Einige Tische weiter unterhielt sich die Dozentin mit der eben ein-
getroffenen Sekretärin des Personalchefs. Sie hörte noch, wie Frau
Weichmann aufgeregt fragte „Was denn, ich soll hier für jeden
Krethi und Plethi einen Rhetorikkurs abhalten?" Offensichtlich
hatte jemand ihre Konzeptionslosigkeit beanstandet. Krethi und
Plethi, ja, dieser Wortschatz durfte bei dieser Person nicht fehlen.
So fühlte sich Inge auch von ihr behandelt.

Zwei Stunden lag sie abends schon auf dem Bett und starrte Lö-
cher in die Decke. Seit Herbst 1996 war sie starkem Mobbing ausgesetzt, wovon Frau Weichmann offensichtlich wusste und der es
unübersehbar Freunde bereitete, an der Vernichtung von Existen-
zen mitzuwirken.

12

Ohne Plan, wie unter Zwang, stand sie auf und begab sich zu
dem gegenüber-liegenden Zimmer der Dozentin. Was sie dort
wollte, wusste sie nicht. Sie klopfte an die Tür. Frau Weichmann
öffnete und herrschte sie an, was sie denn so spät noch wolle. Ihre
kalten Fischaugen schauten sie gleichgültig an. Die Augenbrauen
hatte sie fast bis unter das Stirnende hochgezogen.

Als Inges Blick auf das herrliche Orchideenbouquet, die exklusiven Pralinen und die üppig gefüllte Obstschale fiel, ging eine Explosion durch ihr Gehirn. Blitzschnell drängte sie sich durch die Tür, die sie mit dem Fuß zuwarf, packte die Dozentin, warf sie aufs Bett und drückte ihr mit aller Kraft ein Kissen aufs Gesicht. Alle bisher erlittene Schmach entlud sich, und je fester sie drückte, um so mehr spürte sie Erleichterung. Ihr Opfer zappelte heftig, aber Zorn und Wut ließen Inge über außergewöhnliche Kräfte verfügen. Frau Weichmann hauchte ihr widerwärtiges, unnützes Leben aus. Zufrieden überzeugte sich Inge, dass kein Leben mehr in dieser Person war.

Mit dem Ellenbogen öffnete und schloss sie die Tür und ging zufrieden in die Hotelbar, um sich mit einer Zigarette und einem Glas Rotwein zu belohnen. Aufgekratzt, ja glücklich, tauschte sie mit einer Kellnerin alte Vopo-Witze aus. Da sie seit Beginn ihrer Mobbingsituation nicht mehr richtig schlafen konnte, genoss sie nun die Erholung, die ihr die erste seit langem durchschlafene Nacht brachte.

Am anderen Morgen schmeckte ihr das Frühstück wieder. Entspannt und zufrieden setzte sie sich danach in den Seminarraum. Alles wartete auf Frau Weichmann. Schließlich suchte und fand man sie, tot auf ihrem Bett liegend. Keiner der Kollegen zeigte Betroffenheit. Gleichgültig ließen sie sich von der Kripo befragen. Endlich wurden sie nach Hause entlassen.

Später berichteten die bei Inges Arbeitgeber tätigen Unternehmensberater, die Polizei habe weder ein Tatmotiv noch Täter ermitteln können. Alle Seminarteilnehmer blieben immer wieder bei ihren erstmals gemachten Aussagen, nichts gehört und gesehen zu haben.

Wenn künftig Inges Leidensdruck zu stark war, ließ sie gedanklich die Eliminierung dieser Handlangerin von Existenzvernichtern Revue passieren, und es ging ihr vorübergehend besser.

13

In Baden-Baden ging sie jeden Freitag morgen ins Fitness-Center. 57 Jahre war sie jetzt alt, sah aber aus wie eine 40-jährige. Männer drehten sich nach ihr um, die Frauen schauten sie prüfend an. Ihre Figur war rank und schlank, keine Fettpolster verunzierten ihren Körper wie früher, als sie ihren Kummer mit übermäßigem Verzehr von Pralinen und Torte vertreiben wollte.

Endlich litt sie nicht mehr unter Einsamkeit, sondern genoss sie sehr. Nie wieder konnte und wollte sie einem Menschen vertrauen.

Am Butterfly-Gerät geriet ihr Kreislauf dermaßen in Schwung, dass ihre trägen grauen Zellen und ihr Erinnerungsvermögen aktiviert wurden und sie an Vergangenes denken ließ ...

Irgendwann hatte Inge in Berlin Wurzeln geschlagen. Das große kulturelle Angebot überwältigte sie. Eine neue Welt tat sich vor ihr auf. Da sie in ihrem Herzen das „Kind vom Lande" geblieben war, genoss sie besonders intensiv Konzerte, Opern, Revuen, Ausstellungen, Bibliotheken.

In einer großen Picasso-Ausstellung wurde sie von Brigitte Horney freundlich angesprochen. Während der jährlich stattfindenden Filmfestspiele besuchte sie einige Filmpremieren. Im Schiller-Theater beeindruckte sie Klaus Schwarzkopf als Hauptmann von Köpenick mit seinem guten Spiel. Eine Rigoletto- Inszenierung von Hans Neuenfels in der Deutschen Oper mit Barbara Hendriks als Gilda überraschte sie, da sie bisher nur klassische Inszenierungen kannte. Bei Konzertbesuchen in der Philharmonie hätte sie den Fall einer Stecknadel gehört, so diszipliniert war dort das Publikum. Die Aufführungen entführten sie vorübergehend in eine bessere Welt, ließen sie alle Sorgen vergessen.

Beim Sender Freies Berlin besuchte sie regelmäßig das Fernsehstudio, wenn die Literatursendung „Autor-Scooter" live gesendet wurde. Bekannte Autoren besprachen mit einem Moderator und Hellmuth Karasek ihre Werke.

Inge fühlte sich zwar zu den Menschen hingezogen, konnte aber sprachlich nicht mehr an deren Gemeinwesen teilhaben, weil sie sich vor verbalen Verletzungen fürchtete. Daher flüchtete sie in das geschriebene Wort, die Literatur.

Am Wochenende nutzte sie ihre Jahreskarte für den Zoo, kannte die Fütterzeiten einiger Tiere und deren Namen. Die Artenvielfalt bot immer wieder etwas Neues, nie Gesehenes. Prächtiger Baumbestand, bunt und gekonnt angelegte Beete ergänzten den schönen Zoo. Da war sie sicher, dass sich alle Mühen ihres Neubeginns in Berlin durch diese Besuche gelohnt hatten.

Gelegentlich aufkommendes Heimweh verschwand wieder nach Ausflügen zur Pfaueninsel. Dort auf einer Decke im Gras liegend, Fliederdüfte einatmend, spielenden Kindern und Familien zusehend, die ihren Proviant auspackten, dieses alles entspannte sie sehr. Diese Idylle wurde von Balzrufen der Pfaue und Vogelgezwitscher vervollständigt.

Auf verschiedenen Trödelmärkten erstand sie preiswert Gemälde, Uhren und Porzellan, um ihre Wohnung zu verschönern.

Die witzigen und schlagfertigen Gespräche der Händler mit ihren Kunden, der sprichwörtliche Berliner Mutterwitz, amüsierten sie sehr. Viel hätte sie gegeben, auch etwas von deren Schlagfertigkeit abzubekommen.

Als sie einmal in der Deutschen Oper die selten gespielte Oper „La Gioconda" hörte, wurden plötzlich Gesang und Musik unterbrochen. Der italienische Tenor Franco Bonisolli und der Dirigent Guiseppe Sinopoli stritten sich sehr erregt. Der Vorhang fiel, das Publikum lachte. Die Türschließer ließen die Menschen hinaus in die Extrapause. Kenner der italienischen Sprache berichteten, der Tenor habe den Dirigenten aufgefordert, nicht so schnell zu dirigieren, da er ja wissen müsse, dass er wegen Krankheit nicht an den Proben habe teilnehmen können. Der Intendant Götz Friedrich musste aus dem Theater des Westens herbeigerufen werden. Ihm gelang es, die Streithähne friedlich zu stimmen, und die Aufführung konnte weitergehen.

Viel Freude bereitete das Singen in der Kantorei der Kaiser-Wilhelm-Gedächtnis-Kirche. An einem Samstag im Advent fand das „Alliiertensingen" statt, worauf sich der Chor gut vorbereitet hatte. Engländer, Franzosen und Amerikaner, die in drei Bezirken stationiert waren, schickten ihre Chöre in die Kaiser-Wilhelm-Gedächtnis-Kirche. Bei der Gesamtprobe fiel Inge auf, dass der amerikanische Chor sehr stimmgewaltig war. Links neben ihrem Chor waren sie platziert, und man glaubte Stimmen wie von Jessie Norman zu hören. Beim „Halleluja" aus Händels Messias, das gemeinsam von allen Chören gesungen wurde, traute sich Inge kaum noch mitzusingen. Die festlich und feierlich gestaltete Adventsandacht mit Lesungen, Gebet und Gesang war für sie ein unvergessliches Erlebnis.

Danach wurden sie mit einem Bus zur Clayallee ins Harnack-Haus, das amerikanische Offizierscasino, gefahren. Dort trank Inge ihren ersten Champagner. Der Regierende Bürgermeister Richard von Weizsäcker gesellte sich zu ihnen und lobte ihren Gesang.

Esther hatte ein Studium begonnen. Raphael war nach Bremen gezogen, wo er das Abendgymnasium besuchte und in einem Schallplattenladen arbeitete.

Um ihre Kinder finanziell zu unterstützen, trug Inge preisreduzierte Kleidung aus Schlussverkäufen und buchte Last-Minute-Urlaube. Daher kam sie gut mit ihrem Verdienst zurecht.

14

Frau Kittel hatte ein neues Opfer für ihre Boshaftigkeiten gefunden. Die jüngere Kollegin war gegangen. Eine 48-jährige Aussiedlerin namens Lohse wurde eingestellt, die vorher, vom Arbeitsamt finanziert, zwei Jahre eine Handelsschule besucht hatte. Frau Lohse erzählte gerne von ihrer Ausbildung und dem, was sie zuletzt gelernt hatte. Das führte bei Frau Kittel, die zur Weiterbildung unfähig war, zu Neid und verbalen Ausfällen, gegen die sich die neue Mitarbeiterin schlagfertig und ironisch zu wehren verstand.

Inge wusste manchmal nicht, ob sie lachen oder weinen sollte, wenn es ihr nicht gelang, ihre Ohren auf Durchzug zu stellen. In ihrem falschen Deutsch berichtete Frau Kittel immer wieder „Ich komme aus ein sehr gutes Haus. Mein Vater war schließlich Lehrer." Peinlich berührt über diese sich wiederholenden Lügen vertieften sich Inge und Frau Lohse schweigend in ihre Arbeit. Als Frau Kittel einen Opernbesuch mit Ehemann, Schwager und Schwägerin erfand mit ausführlicher Beschreibung ihrer Garderobe und anschließendem Restaurantbesuch, konnte sie Inges Frage, welche Oper denn gespielt wurde, nicht beantworten.

Frau Kittel und Frau Lohse stritten sich, welche ihrer Großeltern das größere Gut im Osten besessen hätten. Frau Lohse gab zum Besten, bei ihnen hätte das Personal am gleichen Tisch mit den Herrschaften, ihren Großeltern, essen dürfen. Frau Kittel, deren Großeltern angeblich zu den ganz großen Gutsherren gehört hatten, erzählte anderntags, ihre Großmutter habe ihre Strümpfe immer mit Gummiringen von Einkochgläsern befestigt. Dann zeigte sie ein Foto, auf dem ein schlossähnliches Haus abgebildet war und sprach „ Das war unsereSommerwohnung. Hier hat meine Familie immer die Sommer verbracht."

Frau Lohse verließ prustend den Raum, Inge lief hinterher. Auf dem Flur berichtete Frau Lohse „Auf dem Foto unserer lieben Kollegin war die Sommerresidenz der Nachfahren Katharinas der Großen abgebildet, in der die Familie von Frau Kittel möglicherweise einmal evakuiert war."

Inge fand das alles gar nicht lustig. Ihre häufigen Bitten um Ruhe bei der Arbeit wurden ignoriert. Wenn sie oder Frau Lohse sich über irgendetwas freuten, zum Beispiel über den Kauf einer hübschen preisreduzierten Bluse, redete es ihnen Frau Kittel klein und hässlich und erstand in der nächsten Mittagspause drei Blusen.

Sie war so boshaft, Inges Freude über den Erwerb eines kleinen Rubinringes zu zerstören, indem sie einen Ring mit einem größeren Rubin kaufte, ihn überall herum zeigte und sagte „Den schenke ich meiner vierjährigen Nichte zum Geburtstag."

Frau Kittels unglaubliche erfundenen Geschichten ließen die Kolleginnen abgenervt erschaudern. Angeblich gab es in ihrer Verwandtschaft nur Professoren und sehr Wohlhabende. Als man ihr im Krankenhaus den Befund nach einer Unterleibsoperation mit „negativ" mitteilte, erzählte sie allen, sie habe Krebs. Aus der damit verbundenen Blasenplastik machte sie eine Plastikblase. Obwohl sich alle bemühten wegzuhören, redete sie unablässig, führte sogar Selbstgespräche.

Wenn sie über Aussiedler und Ausländer schimpfte, wurde es Inge zu bunt, und sie verbat sich energisch ihr Geschwätz. Frau Lohse sagte traurig „Das ist doch seltsam. In Polen war ich die ungeliebte Deutsche, und hier will man mich zur ungeliebten Polin machen." Inge nahm sie tröstend in die Arme und bat sie, doch Mitleid mit der Verrückten zu haben.

Als sie einmal, gut erholt und ein wenig verliebt aus dem Urlaub kommend, Frau Lohse von einem Urlaubsflirt mit einem netten

Finanzbeamten aus der Pfalz berichtete, wurde Frau Kittel sehr böse. Dass ihr Mann nur „Abeeter" sei, wurde immer wieder verkündet, obwohl es allen erstens bekannt und zweitens gleichgültig war, ob er Arbeiter, Angestellter oder Beamter war. Sofort giftete sie, man habe damals, als sie noch in der Bergmannstraße eine Hauswartstelle versehen hatte, nach dem Auszug eines Beamten einen Kammerjäger holen müssen.

Inge hielt eisern auf ihrem Arbeitsplatz aus, obwohl sie gern unter normalen Menschen ihr Brot verdient hätte. Immer wieder machte sie sich bewusst, dass sie im öffentlichen Dienst sicher untergebracht war, so glaubte sie jedenfalls. Anderen Arbeitnehmern drohten gelegentlich bei ihren Betrieben Konkurse, Sitzverlegungen oder Schließungen. Daher schluckte sie manche Kröten.

15

Bei einem Betriebsausflug zum Schiffshebewerk Nieder-Finow entging sie nur knapp der Versuchung, Ruhe, Frieden und einen guten Geist in ihrem Büro herzustellen.

Hoch oben auf der riesigen Treppe stand Frau Kittel, wie immer geschmacklos und teuer gewandet, die kurzen dauergewellten Haare stark toupiert und mit Haarspray zugekleistert. Inge schaute sich um, niemand blickte zu ihnen. Es drängte sich in ihr der Wunsch auf, diese Person die hohe Treppe hinunter zu stoßen, um diesen Quälgeist ein und für allemal loszuwerden. Angeborene Feigheit hielt sie jedoch davon ab. War diese Verrückte doch schon genug gestraft mit ihren vielen Krankheiten. Oft hatte sie erzählt, als junge Frau Cola mit Hustensaft getrunken zu haben, um sich aufzuputschen, damit sie durch Hauswartsstellen schneller zu Geld kam, um ihre spießigen Träume von einheitlichen Blumenübertöpfen, einheitlichen Kochtöpfen und allerlei hässlichen Einrichtungsgegenständen verwirklichen zu können.

Die Ausfallzeiten von Frau Kittel wegen Krankmeldungen wurden immer länger und häufiger. Frau Lohse und Inge freuten sich über jeden Tag, an dem sie fehlte. Inge bedauerte sehr, dass ihr auf eine Bewerbung für einen anderen Bereich des Rechnungswesens eine Absage erteilt wurde, akzeptierte es aber, weil sie wusste, dass die Schuld bei ihr lag. Ihr Unvermögen, sich ins beste Licht zu setzen, musste ja zu dieser Entscheidung führen. Ihre Konkurrentin, eine liebenswerte nette Person, aber leider nicht die Intelligenteste, wusste, was bei dem derzeitigen Personalchef zählte. Sie war durch und durch gestylt, mit perfektem Make up, teuren Seidenstrümpfen, Designerkostüm, gewinnendem Lächeln. Da kam Inge mit ihrem bescheidenen Outfit und ernster Miene nicht mit. Diese Kollegin las alle Bestseller, um beim Smalltalk mitreden zu können, war sie doch noch mit einem Ehemann geplagt, der ihr häufig vorhielt, sie habe ja nicht einmal Abitur.

Inge gönnte der Kollegin den Sieg, war allerdings wütend, als man ihr zutrug, der Personalchef habe gesagt, Frau Schneider sei zwar gut, die andere Mitarbeiterin aber besser.

Durch ihre Lebenserfahrung wusste sie mittlerweile, dass der Schein immer mehr zählte als Sein. Vergeblich wartete sie auf eine Stellenausschreibung, die ihr die Möglichkeit zum Verlassen ihrer Abteilung bot.

Bei einem Betriebsausflug, der mit der Bahn nach Neustadt an der Dosse führte, betrat sie einen Waggon, in dem bereits einige Kolleginnen saßen. Als sie auf sie zu ging, um sich zu ihnen zusetzen, stöhnte die Auszubildende Heide mit Augenaufschlag und entsetztem Ausdruck „Auch das noch!" Frau Kittel feixte laut und sichtbar. Geschockt lief Inge weiter, setzte sich in ein leeres Abteil und weinte. Sie wusste, das war der Preis, den sie als ungeliebte

Westdeutsche zahlte, weil sie die Arbeit zu wichtig nahm. Der Ausflug war gerettet, als Frau Lohse die Tür öffnete und rief „Was machen Sie denn hier allein, liebe Frau Schneider? Kommen Sie, ich führe Sie zu einer lustigen Gruppe." Tatsächlich traf sie auf fröhliche Mitarbeiterinnen, die sie in ihre Mitte aufnahmen.

16

Im November 1989 reiste Inge dienstlich nach Düsseldorf.

Als sie abends mit einer Maschine der Air France heimfliegen wollte, wunderte sie sich, warum das Flugzeug noch über eine Stunde nach der Abflugzeit auf dem Rollfeld stand. Keiner der Passagiere ahnte, dass die Mauer gefallen war. Daher hatte die Flugsicherung zunächst Bedenken, den Luftraum der DDR zu überfliegen.

Am nächsten Morgen erfuhr sie von den Ereignissen des vergangenen Abends. Dichtgedrängt, eingequetscht zwischen glücklichen Menschen, fuhr sie abends mit der U-Bahn in die Bismarckstraße zu einer Opernaufführung. Die Blicke der Menschen waren anders als sonst, und zwar froh. Nach der Vorstellung lief sie zu Fuß heim, um etwas von der Volksfeststimmung mitzubekommen.

Endlich konnte sie auch am Musikleben des Ostteils der Stadt teilnehmen. Eine Anatevka-Aufführung im Metropol-Theater rührte sie zu Tränen. In der Staatsoper Unter den Linden jagte ihr stellenweise der Gesang in der Oper „Madame Butterfly" Schauer über den Rücken. Harry Kupfers Inszenierungen in der Komischen Oper gefielen ihr dermaßen gut, dass sie Mitglied des Förderkreises wurde.

Der Kassenleiter bemerkte: „Künftig brauchen wir für unsere Betriebsausflüge keine Tagesvisen mehr zu beantragen und keinen Zwangsumtausch mehr zu tätigen."

Ein Kollege warnte Inge vor übertriebener Euphorie, dass sie noch nicht alle Konsequenzen des Mauerfalls kenne. Sie wunderte sich, dieses von einem „Republikflüchtling" zu hören, der ihrer Meinung nach mitjubeln sollte. Doch leider waren seine Mahnungen nicht unbegründet, denn die finanziellen Nachteile waren gravierend.

Viele Betriebe verlegten ihren Sitz wieder nach Westdeutschland, weil die Steuerpräferenzen wegfielen. Betriebsstätten wurden abgemeldet, Zweigniederlassungen aufgehoben. Somit gingen viele Arbeitsplätze verloren.

Da Ost- und Westteil Berlins ein Bundesland wurden, bestanden viele Einrichtungen doppelt. Hohe Gewerbesteuerausfälle durch Abwanderung etlicher Firmen wurden alltäglich. Die Stadt, in die regelmäßig hohe Beträge aus Bonn flossen, wurde vom Tropf genommen, die Zuwendungen reduziert.

Nachdem die Alliierten Berlin verlassen hatten, standen auch die Zivilangestellten, meistens nicht mehr jung, oft aber hochqualifiziert, ohne Arbeit da. Viele wurden vom Arbeitsamt umgeschult, was ihnen trotzdem keinen Job brachte.

Der Senat ließ umstrukturieren. Unternehmensberater stießen überall auf Goldland, da viele Gesellschaften und Institutionen, wie auch Inges Dienststelle, ihre Personalkosten senken wollten. Flugblätter kursierten, die satirisch die Verwaltungsreform beschrieben.

Eine Personalversammlung löste die andere ab, auf denen die Unternehmensberater ihre Konzepte vorstellten. Inge musste Überstunden machen, da die vielen Präsentationen ihre Arbeitszeit stahlen. Die Umstrukturierung sollte völlig von außen geschehen, auf Vorschläge der Mitarbeiter wurde kein Wert gelegt. Etlichen Mitarbeitern, zu denen auch Inge gehörte, fiel auf, dass die Angestellten der Beraterfirmen wie „Herrenmenschen" auftraten. Deren Redensarten missfielen einigen, nicht wenige beunruhigten sie. Niemand benötigte Fantasie, um nicht zu fürchten, dass kein Stein mehr auf dem anderen bleiben sollte.

Die Geschäftsleitung applaudierte bei jeder angekündigten Änderung, die Belegschaft rutschte unruhig auf den Stühlen herum, einige gaben sich kalt und gelassen. Bei den Kollegen, denen man die Betroffenheit ansah, hörte man verschiedentlich Geräusche aus Magen oder Darm, was auf großes Unbehagen schließen ließ.

Bei jeder Präsentation bekamen sie den Satz zu hören „Niemand soll sich einbilden, mit seinem Arbeitsplatz einen Erbhof gepachtet zu haben." Der Mitarbeiter der Zukunft dürfe kein Individuum sein, das wäre sehr verwerflich. Einige kamen schon da nicht mehr mit, da ihnen bekannt war, dass sich fertige Menschen weder gestanzt noch genormt in eine Form pressen ließen.

Inge verstand nur soviel, dass gute Strukturen zerschlagen werden sollten, auf langjähriges spezialisiertes Fachwissen verzichtet wurde und jeder alles können sollte. Sie vertraute auf ihren Verstand, ihre Flexibilität. Ständig hatte sie sich privat und dienstlich weitergebildet, um den zunehmenden Anforderungen gerecht zu werden, und stellte sich auf kommende Veränderungen ein. Durch Hinzukommen des Ostteils der Stadt entstand soviel Mehrarbeit, dass 1994 Aushilfskräfte eingestellt wurden.

Frau Kittel wurde in den Vorruhestand geschickt, ihre Planstelle gestrichen. Das war die „Belohnung" für Inges und Frau Lohses unermüdlichen Einsatz bis an die Grenzen der Belastbarkeit, Frau

Kittels Arbeit mit verrichtet zu haben, wenn sie sich länger und häufig arbeitsunfähig meldete. Einen Tag nach ihrem Ausscheiden stießen Inge und Frau Lohse mit Champagner an, so groß war ihre Erleichterung, diesen Quälgeist endlich los zu sein.

An Frau Kittels Schreibtisch wurde eine 19-jährige Aushilfe gesetzt, die rasch Inges Vertrauen gewann. Diese erzählte vom frühen Krebstod der Mutter, einsamen Internatsjahren in Dresden, und Inges Mutterinstinkte waren geweckt. Schnell entwickelte sich ein freundschaftliches Verhältnis. Sie mochte diese junge Frau sehr, arbeitet sie gründlich und umfassend ein.

Großzügig hörte sie weg, wenn die neue Kollegin schimpfte, der Westen habe aus Konkurrenz-gründen die blühende Wirtschaft der ehemaligen DDR zerstört. Die Zeit vor dem Mauerfall wurde von ihr die „Friedenszeit" genannt, was dann doch Inge zu leichtem Kopfschütteln veranlasste.

Die buchhalterische Seite der Abwicklung von Vorgängen gingen Asta – sie duzten sich schnell – nicht in den Kopf. Geduldig erklärte Inge ihr immer wieder die Abläufe mit allen erforderlichen Eingaben. Lange begleitete sie ihre Arbeit, helfend und korrigierend, freundlich und hilfsbereit. Sie wünschte sich Astas Festeinstellung, redete den Vorgesetzten zu, sie für immer zu übernehmen. Sicherlich würde Asta bald die Arbeitsabläufe begreifen. Die frei werdende Planstelle von Frau Lohse, die mit 63 Jahren in Rente gehen wollte, könne doch mit niemandem besetzt besser werden als mit ihr, log sie aus Sympathie. Sie ahnte nicht, worauf sie sich da eingelassen hatte.

Ein junger Chef wurde eingestellt. Der alte Abteilungsleiter, mit dem Inge gut zusammengearbeitet hatte, wurde kaltgestellt. In einem Jahr sollte er mit einer Abfindung das Haus verlassen und vorzeitig seine Rente beantragen.

17

Eines Morgens im September '96 saß Inge an ihrem Schreibtisch
und schaltete ihren Computer an. Sie war zufrieden, hatte soeben
ihrem Chef seinen Tee serviert. Er schimpfte zwar, das alles könne
er selber, aber sie konnte ihm doch ansehen, dass er sich über diesen kleinen morgendlichen Sympathiebeweis freute. Ihr Kaffee
stand fertig gebrüht in einer Thermoskanne. Ihre Kakteen, die ein
ganzes Fensterbrett füllten, hatten ihre wöchentliche Wasserra-
tion bekommen. Frau Lohse hatte Urlaub, Asta kam, wie der neue
Chef, immer erst zwischen 8 und 9 Uhr.

Als ihr Telefon klingelte, fragte sie sich überrascht, wer so früh
etwas von ihr wolle. Frau Müller, eine Kollegin aus der Rechtsab-
teilung, meldete sich. Inge kannte sie oberflächlich von einem Betriebsfest. Sie bat sie, sich mit ihr um 12 Uhr in der Kantine zum
gemeinsamen Mittagessen zu treffen, sie habe ihr etwas zu erzählen.

Das überraschte Inge sehr. Von Frau Müller wusste sie nur, dass
auch sie Jahrgang 1945 war. Sie grübelte, was die Kollegin nur von
ihr wollte. Immer öfter musste sie ihre Eingaben überprüfen, so
unkonzentriert verrichtete sie ihre Arbeit. Die Zeit bis zur Mittagspause verging schleppend. Astas Geplapper rauschte an ihr
vorbei. Sie vernahm „Schwester ... Nebenjob ... Konzerthaus am
Gendarmenmarkt ... Programme verkaufen ...Plätze zuweisen."
Bewusst bekam sie nichts mehr mit, so sehr beschäftigte sie der
unbekannte Anlass ihrer Verabredung.

Überpünktlich betrat sie die Kantine. Schnell bekam sie die be-
stellten Spaghetti. Lustlos stocherte sie in ihrem Essen herum. Wo
blieb nur Frau Müller? Als sie endlich kam, war ihr Essen kalt.

„Entschuldigen sie bitte die Verspätung, aber ich hatte eine komplizierte telefonische Anfrage zu beantworten" erklärte Frau Müller. „Und jetzt zum Grund unserer Verabredung. Mein Büro grenzt an das unseres neuen Personalchefs, Herrn Werra. Vor der Verbindungstür zu seinem Zimmer steht nur ein Schrank. Daher höre ich vieles, was nicht für meine Ohren bestimmt ist." Sie hatte sich nur einen Salat geholt, von dem sie jetzt aß. Inge wurde noch unruhiger. Ihre Kollegin fuhr fort „Bitte passen Sie auf. Asta Schmidt ist häufig bei Herrn Werra, um sich über Sie zu beschweren. Sie behauptet, Sie würden sie nicht richtig einarbeiten, ihr nichts erklären, die Bearbeitung von Vorgängen als ihre Geheimwissenschaft betrachten, sie nur stupide Massenarbeiten verrichten lassen. Außerdem – auch das glaube ich nicht - würden Sie sich ständig eines ordinären Wortschatzes bedienen und nur so mit obszönen Ausdrücken um sich werfen. Da auch vieles leise gesprochen wird, kann ich Ihnen nur dieses übermitteln. Bitte, seien Sie auf der Hut!"

Inge war entsetzt und wie erschlagen. Sie musste Frau Müller versprechen, von diesem Wissen keinen Gebrauch zu machen, um nicht deren Arbeitsplatz zu gefährden. Ihr Dank wurde mit dem Hinweis abgelehnt, wie wichtig es doch sei, dass sich Frauen über 50 in der heutigen Arbeitswelt gegenseitig helfen.

Sie verstand nicht, dass Asta Lügen über sie verbreitete, noch dazu an dieser Stelle. Dank Inges Intervention war ihr die Planstelle von Frau Lohse nach deren Ausscheiden schon zugesichert worden.

Ständig hatte sie sich sehr bemüht, Licht in Astas Dunkel zu bringen, musste aber feststellen, dass diese mittlerweile nichts von ihr lernen wollte und so tat, als ob sie alles wisse, und das dazu noch besser als Inge. Manchmal wollte Asta Inge über die Abwicklung von Buchungen belehren. Stellte Inge falsche Eingaben fest und bat um Korrektur, schrie Asta, sie habe alles richtig gemacht, irgend jemand habe ihre Eingaben falsch abgeändert. Inges Entgegnung, dieses sei doch wohl nicht möglich, widersprach sie heftig.

Asta hatte auch zwei falsche Rückzahlungen veranlasst. Inge musste die Gelder zurückfordern. Als sie noch eine Rückzahlung anwies, obwohl gar kein Zahlungseingang vorlag, Inge dieses aber verhindern konnte, war sie verständnislos, sprach „Ich habe alles richtig gemacht!"

Als Inge sechs falsche Guthabenbescheide zurückhalten und die Eingaben mit der Folge von Nachforderungen korrigieren musste, stritt Asta wieder ihr Versagen ab. Inge war wütend, dieser Kollegin zur Festanstellung verholfen zu haben.

Jetzt wollte Asta offensichtlich ihr Versagen und Unvermögen auf Inges Einarbeitung schieben, indem sie log, sie habe ihr nichts erklärt.

Die Vorsitzende des Personalrats, eine selbstbewusste Frau, die vermittelte, sie könne und wisse alles, hatte bislang mit ihr gelegentlich freundlich unverbindliche Floskeln ausgetauscht. Inge rief sie an und bat sie um ein Gespräch.

Eine Stunde später trafen sie sich in einem Aufenthaltsraum. Inge klagte ihr Leid. „Asta Schmidt verleumdet mich, ich würde sie nicht richtig einarbeiten und mich unkorrekt verhalten. Bitte, hilf mir, mich gegen so etwas zu wehren." Die Vorsitzende blickte sie nur mit kalten Fischaugen an und herrschte sie an „Dann erkläre ihr doch endlich die Arbeit richtig!" und rauschte davon.

Wie erschlagen saß sie noch einige Minuten auf dem Stuhl, ehe sie sich mit schleppendem Gang zu ihrem Büro begab. Mit so einer „Hilfe" hatte sie nicht gerechnet. Folglich hatte Astas Verleumdungskampagne schon die Runde gemacht. Das Schlimme war, ihr wurde auch noch geglaubt.

Der neue Chef namens Scheller sprach anfangs noch höflich mit ihr, jedoch stellte sie Veränderungen in seinem Verhalten fest, die sie beunruhigten. Da sich Asta häufig in seinem Büro aufhielt, fürchtete Inge, dass sie dabei nicht gut wegkam, zumal er ihr mehr und mehr aus dem Weg ging.

Einmal wöchentlich sollte jeder ein Anti-Viren-Programm durch seinen PC laufen lassen. Herr Scheller hatte es den jungen Kolleginnen im Großraumbüro erklärt, ohne dass Inge davon wusste. Asta war übergangslos vom „Du" zum „Sie" übergegangen, räumte ohne Erklärung ihren Schreibtisch aus und ließ ihren PC an einem Schreibtisch im großen Büro, ganz in der Nähe des Chefs, installieren.

Inge wusste nicht, wie sie das Anti-Viren-Programm anwenden sollte. Die Kolleginnen verwiesen sie an den Chef, der ihr riet, die Anweisung aus dem PC zu holen. Sie suchte und fand etliche Seiten, druckte sie aus, las sie immer wieder durch. Da sie nichts von der Anleitung verstand, bat sie erneut Herrn Scheller um Hilfe, der sie selbstgefällig mit den Worten abwies „Wenn ich hier nur auf meinem Stuhl sitzen bleibe, kann ich auch nicht laufen lernen."

Sie ahnte schon, dass nichts Gutes auf sie zu kam. Zur abteilungsinternen Weihnachtsfeier spendierte er Bierdosen und verkündete stolz, er sei überzeugter Atheist, als ob das nun etwas ganz Großartiges sei.

Als Asta sie über einen etwas komplizierten Vorgang befragte, gab Inge die gewünschten Informationen. Sie konnte ihren verständnislosen Blick richtig deuten, da Asta vom Schema abweichenden Fällen nichts abgewinnen konnte. Minuten später kam sie mit Herrn Scheller zurück, der ihr dieselbe Frage stellte. Ausführlich erklärte sie ihm die Vorgehensweise vom Anfang bis zum Ende.

Beeinflusst von Asta, die aus Dummheit nichts begriff, aber immer die Kluge spielte und ihn daher entsprechend infiltriert hatte, schaute er Inge verächtlich von oben bis unten an und schnaubte „Jetzt sind wir genauso schlau wie vorher."

Es tat ihr weh, dass ihre ehrlich gemeinte Hilfe so zurückgewiesen und sie diffamiert wurde, wusste sie doch, dass keiner so gut wie sie erklären konnte.

Zu Inges Aufgaben gehörte auch die Erstellung von Monats- und Jahresabschlüssen. Eine der Ausfertigungen erhielt Herr Scheller, der sie mit Hilfe des in seinem PC befindlichen Grafikprogramms und Excel verarbeitete. Obwohl die Geschäftsleitung durchaus Zahlen lesen konnte, war sie entzückt über farbige Säulen und Torten, mit oder ohne Schraffierung. Er erntete große Anerkennung, nur weil er spielerisch Inges Zahlen darstellen ließ. Sie ärgerte sich, weil sie nicht an das Grafikprogramm gedacht hatte. So konnte ihr ungeliebter Chef die Früchte ihrer Arbeit ernten.

An einem Monatsanfang stellte sie fest, dass ein Datenband einer ganzen Woche bei einer Bank mit den meisten Zahlungseingängen fehlte; es war noch nicht in ihrem Rechenzentrum angekommen. Sie wollte den alten Monat abschließen und monierte daher umgehend das fehlende Band. Die Mitarbeiterin der Nachforschungsstelle sagte zu, sofort ein Ersatzband anfertigen zu lassen und zu versenden. Inge informierte darüber Herrn Scheller und kündigte eine dadurch bedingte Verzögerung des Monatsabschlusses an.

Sie registrierte, dass er ihr nicht richtig zuhörte und sie unwirsch abwürgte. Daher wunderte sie sich auch nicht, als er am anderen Morgen herrisch fragte „Wo bleibt der Monatsabschluss?" Inge antwortete „Das Ersatzband ist noch nicht eingetroffen. Bis dahin müssen Sie sich leider noch gedulden."

Wütend und mit zischenden Drohlauten knurrte er „Eines sage ich Ihnen, meine liebe Frau Schneider, wenn ich nicht bis heute

Nachmittag den Abschluss vorliegen habe, werde ich mich umgehend massiv bei der obersten Geschäftsleitung über Sie beschweren."

Fassungslos und resigniert über so viel Unverständnis und Dummheit entgegnete Sie „Tun Sie doch, was Sie wollen." Es war für sie eine neue Erfahrung, dass man sie für eine Panne denunzieren wollte, die sie nicht verursacht hatte.

Jahre später erfuhr sie von einer ehemaligen Kollegin, dass Herr Scheller noch großes Ansehen bei der Geschäftsleitung genoss, weil er sie nach wie vor mit schönen bunten grafischen Darstellungen beglückte.

Hausinterne Stellenausschreibungen machten die Runde. Da überwiegend Hochschulabsolventen gefordert wurden, musste sie sich, nur um ihrer Abteilung zu entrinnen, um einen unqualifizierten Posten bewerben, weit unter ihrem Niveau.

Als sie mit dem Personalchef Herrn Werra und der Leiterin der anderen Abteilung, in die sie sich bewarb, das Bewerbungsgespräch führte, spürte sie, dass sie alt wurde, weil sie die Arroganz der beiden jungen Leute betroffen machte. Es strengte sie an, das künstlich hervorgebrachte gewinnende Lächeln beizubehalten, aber sie wusste, dass ihr ernster Gesichtsausdruck nicht gut ankam.

Die Leiterin erzählte ihr allen Ernstes, sie könne ihr leider keine warme Kuschelecke bieten. Inge zuckte wie geohrfeigt zusammen und entgegnete, dass sie diese nicht suche und schon immer hart gearbeitet habe. Die Frau warf Herrn Werra einen bedeutungsvollen Blick zu, den dieser erwiderte. Für Inge war damit ihre Bewerbung erledigt. Eine telefonische Absage einige Tage später bestätigte ihre Vermutung. In ihren Ohren klang die Bemerkung wie Hohn, sie habe „gut im Rennen gelegen."

18

Überall in Deutschland wurde Stellenabbau betrieben. Die Medien berichteten über das daraus resultierende Thema Mobbing. Es wurden Mobbing-Info-Telefone eingerichtet. In großen Betrieben wurden die Suchtberater zu Konfliktberatern geschult.

Ihr fiel auf, dass sich das Heer der Obdachlosen erheblich vergrößert hatte. Die konnten doch wohl unmöglich alle selber schuld sein, wie „Volkes Stimme" behauptete. Sie stellte sich vor, wie diese Menschen ihre Nächte verbrachten, auf öffentlichen Toiletten oder Parkbänken schlafend, in schmuddeligen Asylen, von „schwarzen Sheriffs" – wegen ihrer schwarzen Uniformen so benannten Sicherheitsleuten – aus warmen Ecken vertrieben.

Scharen von Straßenkindern, die sich verschmutzt und abgemagert bettelnd an ihre Hunde schmiegten, waren unübersehbar. Wenn sie in der Mittagspause spazieren ging, gab sie oft ihre Frühstücksbrote weg, von dem erst der Hund gefüttert wurde, bevor das Kind gierig die Reste vertilgte.

Eine Nachbarin erzählte ihr von einer Freundin, die man bei einer großen Bank loswerden wollte und sie dafür in einen Abstellraum ohne Telefon und Computer gesteckt hatte. Nach zwei Wochen Dahinvegetierens, ohne Arbeit und von Kollegen isoliert, erlitt diese einen so heftigen Nervenzusammenbruch, dass sie in die Psychiatrie eingeliefert werden musste.

Mobbing, der Terror am Arbeitsplatz, war zu einer volkswirtschaftlichen Gefahr von bedrohlicher Größe geworden, zerstörte die Persönlichkeit der Betroffenen.

Ein Braunschweiger Pfarrer verkündete „Weiche Herzen braucht das Land". Die Zahl der Selbstmorde stieg. In Deutschland waren zwei Millionen Menschen täglich diesem Psycho-Stress ausgesetzt, wurden gepiesackt, gedemütigt, kaltgestellt.

Mobbingopfer waren meist Menschen, die sich weniger gut behaupten konnten und in sich gekehrt waren. Engagierte Arbeitnehmer kamen auch in diese Situation, wenn sie Abläufe mit ihrem Eifer störten. Inge verhielt sich aber eher unauffällig. Dass ihr Arbeitspensum von anderen nicht annähernd erreicht werden konnte, war aus ihrer Sicht nichts Falsches. Die Arbeit gab ihr Sicherheit und Halt. Sie konnte sich ein Leben ohne sie nicht vorstellen.

Die Privatisierung von Energieversorgern und großer staatlicher Betriebe hatte Auswirkungen auf den Arbeitsmarkt. Globalisierung und Machtfülle der Finanzmärkte ließen Köpfe rollen. Etliche große Gesellschaften verschoben durch Schachtelbeteiligungen ihre Gewinne ins Ausland, was sich durch fehlende Steuereinnahmen schmerzlich bemerkbar machte und Personalabbau an allen Stellen erforderte.

Immer häufiger dachte Inge an das Gedicht "Nachtgedanken" von Heinrich Heine „Denk ich an Deutschland in der Nacht, dann bin ich um den Schlaf gebracht, ich kann nicht mehr die Augen schließen, und meine heissen Tränen fließen."

19

Als sie in einer nicht besonders wichtigen dienstlichen Angelegenheit nicht derselben Meinung wie Herr Scheller war, wurde er beleidigend. Sie versuchte, sich zu wehren, wurde aber barsch mundtot gemacht. Gegen 17 Uhr - sie war morgens die Erste und abends die Letzte – legte sie ihrem alten, bereits entmachteten Chef einen Vorgang auf seinen Schreibtisch, den sie am anderen Tag mit ihm besprechen wollte. Dabei fiel ihr Blick auf ein Blatt Papier, las die Worte Scheller, Werra, Schneider. Rasch kopierte sie es. Was sie da las, konnte nicht wahr sein. Da beschwerte sich doch tatsächlich Herr Scheller über sie beim Personalchef, Herrn Werra, und gab mit dem von ihr kopierten Blatt seinem Kollegen davon Kenntnis. Das Dienstgespräch mit gegenteiligen Auffassungen wurde völlig falsch dargestellt. Das Schreiben war voller Lügen. Inge wurde in ein schlechtes Licht gerückt.

Bedrückt ging sie heim. Die ganze Nacht lag sie wach vor Aufregung, legte sich die Worte zurecht, um die Wahrheit zu schildern und die Vorwürfe zu entkräften.

Am anderen Morgen wurde sie für 9 Uhr bei Herrn Werra einbestellt. Herr Scheller saß schon in dessen Zimmer, als Inge eintrat. Das Herz klopfte ihr im Halse, Hände und Füße wurden ihr nass vor Angst. Herr Werra las ihr Herrn Schellers Schreiben vor und forderte sie zur Stellungnahme auf. Bei ihrer Darstellung und Richtigstellung des Gespräches wurde sie immer wieder von beiden Herren unsachlich und rüde unterbrochen. Dennoch gelang es ihr unter Aufbietung all ihrer geistigen Kräfte, die Oberhand zu behalten und die Lügen zu widerlegen. Ungehalten wurde sie von Herrn Werra verabschiedet.

Entkräftet begab sie sich an ihren Arbeitsplatz, voller Zorn. Nachmittags rief heimlich eine seiner Sekretärinnen an und informierte sie, er habe das Lügenblatt in den Reißwolf stecken müssen.

Zur hausinternen EDV-Schulung für E-Mail und Internet angemeldet, die zwei Stunden dauern sollte, meldete Herr Scheller sie wegen „Arbeitsüberlastung" wieder ab.Ihre E-Mail wurde nicht eingerichtet. Bitten in der EDV-Abteilung bewirkten nichts, im Gegenteil, abweisend forderte man sie auf, sie solle sich die benötigten Abstimmungszahlen aus dem PC von Asta Schmidt holen.

Für bestimmte Änderungen, die sie für ihre Arbeit brauchte, wurde sie nicht geschult, war daher nicht voll einsatzfähig. Von der EDV-Stelle wurde ihre Schulung immer wieder verschoben. Sie musste mit anhören, wie Asta lachend im Großraumbüro lästerte "Unsere Frau Schneider ist mit der neuen Technik völlig überfordert."

Frau Müller, die Büronachbarin des Personalchefs, informierte Inge zwischenzeitlich, sie habe bei Besprechungen nebenan vernommen, man habe sie als „Problemfall" und „nicht teamfähig" bezeichnet. Der alte Chef, der nichts mehr zu bestimmen hatte, habe allerdings heftig widersprochen und ihr Verhalten als stets korrekt genannt, doch würde ihm nicht geglaubt.

Als sie im Zuge der Umstrukturierung den größten Bereich ihrer Arbeit einer neu eingestellten Mitarbeiterin in der Kasse übergeben musste, kam Herr Scheller hinzu und fragte zynisch "Wollen Sie, liebe Frau Schneider, allen Ernstes behaupten, für diese soeben abgegebene Tätigkeit all die Jahre so viel Gehalt bezogen zu haben?" Sie war geschockt, das verschlug ihr die Sprache. Stumm litt sie, Magen und Darm schmerzten ständig, brannten wie Feuer. Sie fand kaum noch Schlaf, grübelte viel. Depressionen und Konzentrationsschwierigkeiten stellten sich ein. Ihr Denkvermögen war blockiert, sie konnte sich nichts mehr merken.

Ihr Zimmer wurde als Besprechungsraum hergerichtet, sie setzte man ins Großraumbüro in die Nähe der Tür. Sie musste die Türöffner bedienen, Publikum empfangen und abfertigen.

Es dauerte Wochen, bis ihr Drucker umgestellt wurde. Einen Monat lang war sie ohne Telefon. Ihr morgendlicher Gruß wurde nicht mehr beantwortet, ebenso nicht ihr „Auf Wiedersehen". Sie konnte nicht mehr, war vollkommen fertig, kam nur noch von 9 bis 16 Uhr, Überstunden hatte sie ja reichlich, die meisten von allen.

Wenn sie etwas sagte, hörte sie ein „tztztz". Auf Fragen wurde gar nicht oder patzig geantwortet. Zusätzlich stellten sich noch Herzschmerzen und Atemnot ein.

Es war untersagt, Bildschirmhintergründe farbig zu gestalten. Während ihrer Abwesenheit wurde ihr PC-Hintergrund auf rosa eingestellt, Ikonen verstellt. Es gelang ihr nicht, das Rosa wieder zu entfernen.

Das Telefon einer Aushilfe, die überwiegend Telefoneinsatz hatte, wurde mehrfach auf ihres umgestellt. Wenn sie merkte, dass die Aushilfe untätig aus dem Fenster schaute und bei ihr pausenlos das Telefon klingelte, machte sie die Umlegung schnell wieder rückgängig. Herr Scheller legte ihr nur Arbeit hin, die niemand machen wollte. Ihr wurde auferlegt, Fehlerlisten aufzuarbeiten. Wenn sie die Fehler mit den Verursachern klären wollte, entgegnete man ihr, sie habe ihnen die Eingaben falsch erklärt.

Eine wichtige Besprechung mit Herrn Werra wurde für 14 Uhr anberaumt, worüber sie nicht informiert wurde. Da sie an dem Tag von 13.45 bis 14.30 in die Mittagspause ging, kam sie natürlich zu spät und musste sich noch um eine Sitzgelegenheit bemühen. Von Frau Müller erfuhr sie Herrn Werras Bemerkungen zu Herrn Scheller: "Ausgerechnet Frau Schneider kam erst um 14.30 Uhr von der Pause, setzte sich dann auch noch in die zweite Reihe und tat so, als ob sie das alles nichts angehe." Den Kommentar von Herrn Scheller wolle sie ihr lieber nicht übermitteln.

20

Frau Müller verabredete sich erneut mit ihr zur Mittagspause und erklärte „Ich muss ein anderes Büro beziehen, da Herr Werra eine weitere Mitarbeiterin bekommt. Soviel muss ich Ihnen noch auf den Weg geben: Gnade Ihnen Gott, wenn ihr alter Chef im November aufhört und Sie keiner mehr vor Herrn Scheller schützen kann!" Das konnte Inge nun auch nicht mehr erschüttern. Öffentliche Angriffe, Rufmord, Intrigen und Ausgrenzung hatten sie bereits zermürbt.

Sie war noch immer nicht voll einsatzfähig. Zwei Schulungen fehlten ihr noch. An das wichtigste System wurde ihr PC trotz ihrer wiederholten Bitten nicht angeschlossen.

Eine Besprechung mit Herrn Werra, einem der Unternehmensberater, Herrn Scheller und den Mitarbeiterinnen war an ihrem letzten Arbeitstag vor einem zweiwöchigen Urlaub für 13 bis 14 Uhr angesetzt. Inge wollte um 14.30 Uhr gehen, um nicht ihre Platzreservierung verfallen zu lassen. Ihre Mutter wartete auf ihren angekündigten Besuch. Es war Freitag, ein Tag, an dem man schon um 14.30 Uhr den Dienst beenden durfte. Da sich die Besprechung verschob, bat Inge um Erlaubnis zu gehen, um ihren Zug zu erreichen, die ihr von Herrn Scheller erteilt wurde.

In ihrem alten Heimatstädtchen konnte sie sich trotz Mutters guter Kochkünste nicht erholen, zu viel ging ihr im Kopf herum.

Niemand sollte wissen, wie schlecht es ihr ging. Ständig lächelte und log sie, wie gut es ihr doch ginge.

Als sie sich nach den zwei Wochen Urlaub deprimiert wieder an ihren Schreibtisch setzte, las sie eine Anweisung Herrn Werras, jeder habe täglich 50 Vorgänge zu bewältigen. Das sei die letzte Chance, um auf einvernehmlichem Weg den Zustand sehr verzögerter Bearbeitung abzuschaffen. Herr Scheller werde jeder Mitarbeiterin die tägliche Arbeit zuweisen. In 14 Tagen solle geprüft werden, ob alle diese Anforderungen erfüllen.

Sie geriet in Panik. An das wichtigste System hatte man sie zwar inzwischen angeschlossen, aber sie war noch nicht geschult worden. Seinerzeit hatte sie ihren Bereich tagesfertig an die Kasse übergeben und sollte sich jetzt von Herrn Scheller demütigen lassen, indem er ihr mit Sicherheit 50 der ältesten und schwierigsten Fälle hinlegen würde, um ihre Unfähigkeit zu beweisen.

Eine Kollegin, die am Ende des Büros saß und mit der sie bisher wenig Kontakt hatte, trat an ihren Schreibtisch, begrüßte sie und berichtete „Die Besprechung, bei der Du nicht zugegen warst, ging von 14.40 bis 16 Uhr. Dabei behaupteten die andern Kolleginnen, dass Du den Betriebsfrieden störst und schlechtes Betriebsklima verursachst. Ich habe dem als Einzige widersprochen. Herr Werra meinte dann „Dann müssen wir uns von Frau Schneider trennen und auf ihre Dienste verzichten! Bitte, mache Dich auf alles gefasst. Ich weiß nicht, wie Herr Scheller die anderen zu dieser falschen Beschuldigung bringen konnte.“

Inge drückte der Kollegin beide Hände, dankte ihr für diese wichtige Information, und lief weinend auf die Toilette. Nur mit großer Anstrengung unterband sie den Tränenfluss und sammelte sich. Jetzt saß sie in der Falle. Mit dieser Lüge hatte man einen Kündigungsgrund konstruiert. Was hatte Herr Scheller den Kolleginnen nur versprochen, dass sie so etwas taten. Asta hatte gewiss mit der Verleumdung begonnen, auch ohne Versprechungen. Einige der Kolleginnen hatte sie mit ausgebildet, sie waren durch ihre Abteilung gegangen. Sie hatte ihnen früher viel Zeit gewidmet, um ihnen möglichst viel Wissen zu vermitteln.

Hier konnte sie nicht länger bleiben. Sie wollte sich ersparen, dass man ihr die Kündigung aushändigte. Ihre Privatsachen packte sie in eine Plastiktüte und meldete sich in der Personalstelle krank.

Der alte Chef schaute sie bekümmert an, als sie in sein Zimmer trat, ihn umarmte und „Auf Wiedersehen" sagte. Er verstand auch ohne weitere Worte. Im Hof warf sie die Plastiktüte in eine Mülltonne.

Ziellos fuhr sie mit U- und S-Bahnen kreuz und quer durch die große Stadt. Sie wusste nicht mehr weiter. In ihrem Alter würde sie nicht einmal eine Putzstelle bekommen. Dass es sie treffen könnte, wäre ihr nie im Traum eingefallen. Noch drei Jahre zuvor war sie vom obersten Chef für ihren besonderen Einsatz gelobt worden, verbunden mit einer Geldprämie. Asta Schmidt hatte ganze Arbeit geleistet.

Es verbitterte sie, dass man der jungen Frau Glauben schenkte und nicht dem alten Chef, der gegen deren Verleumdungen in Besprechungen protestiert hatte und immer wieder auf Inges korrektes, ja besonders kollegiales Verhalten hingewiesen hatte. Sicherlich war sie zu alt, zu teuer, ein Fossil, nicht mehr jung und dynamisch in den Augen der neuen Führung.

Wieder bemerkte sie die vielen Obdachlosen, die – wie sie – ziellos durch Berlin fuhren. Sollte sie auch wie diese Menschen enden? Sie wollte nicht mehr leben, überlegte krampfhaft, wo sie am einfachsten in den Tod springen könnte. Etliche Gebäude waren schon gegen Selbstmörder gesichert. Sie fuhr in Richtung Olympiastadion, wollte es am Glockenturm versuchen, die Höhe schätzen.

Ihr gegenüber saß ein graziler Mann, der sie besorgt beobachtete. Plötzlich setzte er sich neben sie, nahm ihre Hand und sprach „Ich sehe, Ihnen geht es nicht gut. Kommen Sie, wir steigen an der nächste Station aus, dort kenne ich ein Cafe."

Wie in Trance ließ sie sich von ihm auf einen Stuhl bugsieren. Versteinert bekam sie mit, dass er behutsam auf sie einredete. Er hatte warme kluge Gesichtszüge, die denen der Indios ähnelten. Er stamme aus Costa Rica, berichtete er, habe in vielen Ländern als Balletttänzer und Choreograf gearbeitet, am längsten aber in Deutschland, wo er zu sterben gedenke. Damit lockte er sie aus der Reserve. „Wieso sterben?" fragte sie. Er antwortete, er sei schon Frührentner, HIV-positiv.

Sie schämte sich. Dieser Mann wollte gewiss gern leben, wusste aber schon, dass er den Kampf verlieren würde, und sie wollte sich durch Selbstmord aller Sorgen entledigen. In kurzen Zügen erzählte sie von ihrer „Mobbingkarriere" und dass sie nicht mehr weiter wisse.

„Wir fahren jetzt zu einer guten Nervenärztin, die ich kenne" sagte der Mann, der Alfonso hieß. Das Wartezimmer war überfüllt. Stundenlang wartete er mit ihr. Fast gewaltsam musste sie ihn nach Hause schicken. Sie sah, dass er Schmerzen hatte und seine Medikamente brauchte und versprach ihm, nicht fort zu laufen, sondern zu warten, bis sie an die Reihe kam.

Als sie das Behandlungszimmer betrat, kam ihr die junge Ärztin wie ein rettender Engel vor. „Ich habe viele Patienten in Ihrer Situation" erzählte sie, gab ihr eine Spritze, ein Rezept für Tabletten und eine Krankschreibung.

Jeden Montag musste sie sich eine Spritze geben lassen, nahm an Gewicht zu, wurde apathisch. Wenigstens quälten sie vorerst keine Sorgen, fühlte sie sich doch in ihrer Wohnung sicher vor

Angriffen am Arbeitsplatz. Trotzdem, ihre Ängste ließen sie ein ziemlich reduziertes Leben führen.

Nach sechs Monaten Dienstabwesenheit – ihre Krankschreibungen schickte sie kommentarlos an die Personalstelle – wunderte sie sich, dass keines der Krankheitssymptome nachließ. Magen- und Darmschmerzen, Schlaflosigkeit, Depressionen und Vergesslichkeit quälten sie weiterhin.

Gelegentlich wurde sie von Alfonso aus ihrer Lethargie gerissen. Er besuchte sie, um mit ihr exotische Gerichte zu kochen, die sie endlich einmal wieder mit Appetit und in seiner unterhaltsamen Gesellschaft verzehren konnte.

Wenn sie zu ihm kommen sollte, trafen sie sich vorher auf dem Winterfeldmarkt, da er nur die frischesten Gemüse, Kräuter und Früchte wählte. Inge musste die Einkäufe tragen und Alfonso stützen, er wurde leider immer hinfälliger.

Die Düfte auf dem Markt nach Döner, frischen Oliven, Käse, Bratwurst, Brot, Gemüse, Obst und Blumen, die Farbenvielfalt, die Geräusche, das Sprachengemisch, die kessen Sprüche, alles dass erinnerte sie wieder daran, dass es noch ein Leben außerhalb ihrer Wohnung gab. Sie lernte von Alfonso, wunderbare Sachen zu kochen und mit frischen Kräutern zu würzen.

Oft musste er für einige Tage ins Auguste-Viktoria-Krankenhaus, es ging ihm immer schlechter.

21

Als sie eine Vorladung vom Medizinischen Dienst erhielt, ver-
stärkten sich vor Angst sämtliche Beschwerden. Die Krankenkasse, die ihr pünktlich Krankengeld überwies, musste sie natürlich überprüfen lassen, ob sie noch krank sei. Noch nie in ihrem
Leben war sie so lange krank gewesen, hatte keine Ahnung, wie
es beim Medizinischen Dienst zugehen würde. Panik erfasste sie.
Sie sah gut aus, nicht mehr so verhärmt wie vor Monaten. Würde
man ihr glauben, dass sie krank war und viele Schmerzen hatte?

Zwei Wochen lang litt und grübelte sie, bis sie sich zu dem Termin
einfinden musste. Vorher nahm sie noch eine Tablette ihres Anti-
Depressionsmittels zusätzlich. Als sie am Bahnhof Zoo die U-
Bahn-Linie wechseln musste, entdeckte sie Asta Schmidt, die vermutlich einen freien Tag genommen hatte. Beladen mit Tüten, auf
denen die Namen bekannter Designer protzten, frisch frisiert, geschminkt, ein arrogantes Lächeln auf den Lippen, wartete sie,
dicht an der Bahnsteigkante stehend, auf ihre Bahn.

Blitze und Kreise durchzuckten Inges Gehirn. Asta war federführend an der Vernichtung ihrer Existenz beteiligt gewesen. Diese
junge Frau hatte sie einmal sehr gern gehabt, sie mit viel Liebe

und Mühe eingearbeitet. Sie hatte bei Vorgesetzten gelogen, als sie Asta als Spitzenkraft, die man unbedingt fest einstellen sollte, gepriesen hatte, wohl wissend, dass sie die Gesamtzusammenhänge nicht begriff, unüberlegt und flüchtig arbeitete. Ausgerechnet von ihr so bös' verleumdet zu werden, darüber würde sie nie hinwegkommen.

Sie selbst hatte vielerlei Beschwerden und Schmerzen, Angst vor dem Medizinischen Dienst, finanzielle Einbußen, und diese Person gab in Designerklamotten an.

Rasch kämpfte sie sich durch die Menschenmenge zu ihr vor. Als sie hinter ihr stand und das Geräusch der einfahrenden Bahn vernahm, stieß sie automatisch zu, hörte Schreie und quietschende Bremsen. Astas Tüten fielen zu Boden. Ruhig und gelassen ging Inge zu ihrem Bahnsteig, ohne sich umzudrehen.

Beim Medizinischen Dienst berichtete der Arzt, dass er täglich überwiegend ähnliche Krankengeschichten, Symptome und Erlebnisse von kranken Arbeitnehmern erfahre. Vorerst könne und dürfe sie nicht arbeiten.

Am nächsten Tag las sie in der Tageszeitung, eine junge Frau habe sich am Bahnhof Zoo vor eine U-Bahn geworfen, sie sei sofort tot gewesen. Es handele sich um den 224. Selbstmord in diesem Jahr. Zeugenbefragungen und Auswertung der Videoaufzeichnung hätten wegen des großen Menschenaufkommens keine Erkenntnisse gebracht. Man vermute einen Selbstmord wegen Beziehungsproblemen, da die Frau über einen sicheren Arbeitsplatz verfügte und weder Depressionen noch finanzielle Sorgen hatte.

Am Abend des Allerheiligen nahm Alfonso sie in das Museum für Völkerkunde in der Lahnsstraße mit zum „El dia de los muertos". Er war ein großer Bewunderer der mexikanischen Kultur. Auch in diesem Land hatte er einige Jahre getanzt.

In der Eingangshalle wurden mexikanische Getränke und Gerichte angeboten. Die Abteilung Mittelamerika war festlich geschmückt. Kerzen leuchteten, überall sah man Blumen und kunstvoll geschnittene Papierfahnen. Mitbringsel für die Verstorbenen füllten Altäre. Mariachi spielten auf, es wurde gelacht und getanzt.

Ein Ballett mit zehn Tänzerinnen und Tänzern trug Trikots, auf denen Skelette gedruckt waren, darüber festliche Kleider, überladenen Schmuck, große Hüte, Federboas. Die Tänze wurden immer schneller, und auch das Publikum wurde in den bunten Strudel hineingezogen. Alfonso war in der mexikanischen Gemeinde beliebt und bekannt.

Es war schon merkwürdig, aber tatsächlich erweckte ein Totentag eine Museumsabteilung zum Leben. Ein Tänzer, als Sensenmann geschminkt und gekleidet, tanzte auf einer Treppe, sich Stück für Stück den Besuchern nähernd. Alfonso blickte ihm furchtlos in die Augen.

Weihnachten wurde er von seinen Schmerzen erlöst und verstarb im Krankenhaus, begleitet von seiner Mutter und Schwester, die Inge von Costa Rica herbestellt hatte.

22

Nachdem Inge auch die zweite Kontrolluntersuchung des Medizinischen Dienstes überstanden hatte - es ging ihr immer noch nicht besser – wurde ihr eine Rehabilitationsmaßnahme angeboten, von der sie sich eine Linderung ihrer Leiden versprach.

Die Kurklinik befand sich im Land Brandenburg, in einer wunderschönen Landschaft mit vielen Seen. Beim ersten Gespräch mit dem Chefarzt und Therapeuten erzählten ihr diese, dass es in Deutschland mittlerweile zwei Millionen Menschen in ihrer Situation gäbe. Inge entgegnete, dass sie diese Zahl auch gelesen hätte und daher die Zahl der Betroffenen mindestens doppelt so hoch sein müsse. Niemand widersprach ihr. Man wolle sie wieder arbeitsfähig machen. Schließlich könne man das Mobbing-Problem nicht über die Rentenkasse lösen.

Inge konnte es egal sein, was die Herren von ihr wollten. Wichtig war ihr nur, die Schmerzen los zu werden. Sechs Wochen unter Menschen zu sein, kam ihr auch nicht ungelegen, da sie nach Alfonsos Tod schnell vereinsamt war. Langsam nahm sie ihre Umwelt wieder zur Kenntnis.

Einer der Ärzte, frisch von der Uni kommend, notierte nach eingehender Befragung während der körperlichen Untersuchung „Aus einfachen Verhältnissen kommend ...", halblaut murmelnd. Es überraschte sie, dass hier Klassifizierungen nach der Herkunft vorgenommen wurden. Der Verdacht stieg in ihr hoch, dass man Patienten ohne wissenschaftliche Ausbildung nicht mit Samthandschuhen anfassen wolle. Tatsächlich stellte sie bei Gruppengesprächen differenzierten Umgangston des Therapeuten fest.

Der Arzt, der sie zu den „einfachen Verhältnissen" zählte, war während der Reha-Maßnahme ausschließlich unfreundlich zu ihr, meinte noch, sie habe doch viel Potenzial und brauche nur zur Arbeit zu gehen.

Zunächst lebte sie auf, konnte sie doch mit der einen oder anderen Patientin reden oder lachen. Dann fragte sie sich „Was mache ich hier? Ich stehe an jeder Ecke und lache und bin hier wegen Depressionen. Die Ärzte müssen mich ja dann schnell wieder arbeitsfähig schreiben." Sie nahm sich Toni Morrisons Buch „Menschenkind" vor, was ihr Alfonso als sehr traurig geschildert hatte, und schon stellten sich wieder Depressionen ein. Niemand sah sie dort mehr lachen.

Ohnehin war sie als „Wessi" enttarnt worden und daher von den meisten gemieden. Zur Täuschung rauchte sie eine ostdeutsche Zigarettenmarke, jedoch verriet sie ihre klanglich westfälisch eingefärbte Sprache schnell. Die ganze Reha-Maßnahme war für sie ein einziger Krampf und Stress. Wenn sie im Gruppengespräch das Wort ergriff, wurde sie unterbrochen, man schaute sich an oder an die Decke, sie wurde wieder ausgegrenzt.

Ihre gesamte Gruppe bestand aus Menschen, die keiner mehr haben wollte, die zu Hause alle Zeit der Welt hatten, darüber nachzugrübeln, warum sie denn so ekelhaft waren, dass keiner ihrer Arbeitskraft bedurfte. Eine Generation, die ihren Wert und ihre Daseinsberechtigung über die Arbeit bezog, konnte nur die Schuld bei sich suchen, da der Verlust der Arbeit sofort das Selbstbewusstsein auf „Null" fuhr. Einige hatten schon durch die Einnahme von Medikamenten versteinerte Gesichtszüge.

Sie machte alles mit, jedoch blieben die Schmerzen und alle anderen Beschwerden. Nachts wälzte sie sich ständig im Bett herum, teils wegen ihrer Sorgen und Nöte, überwiegend aber wegen des Brennens in Darm und Magen. Man schickte sie zu einem der

Ärzte zur Sonografie. Als er ihren Bauch durchleuchtete, redete er mit salbungsvoller Stimme auf sie ein „Was wollen Sie eigentlich hier? Sie haben hier nichts zu suchen. Lernen Sie doch endlich, eigene Verantwortung für ihr Leben zu übernehmen. Schieben sie doch diese nicht auf Ärzte und Therapeuten ab." Diese Sätze wiederholte er mehrfach. Seine Augen hatte er zu bösen schmalen Schlitzen zusammengepresst. Eine Brille mit Goldrand sollte ihm Wichtigkeit verleihen. Sie schätzte sein Alter auf das ihres Sohnes.

Sie war sprachlos. Dieser Mann sollte doch nur eine Sonografie machen. Nun bekam sie noch Belehrungen gratis. Sie kochte vor Zorn. Nachdem sie in ihrem Leben so viele Schwierigkeiten überwunden hatte, musste sie sich so etwas anhören. Mit unterdrücktem Schluchzen bat sie ihn „Bitte lassen Sie mich in Ruhe, hören Sie endlich auf." Er zischte sie wütend an „Noch ein Wort, und ich werde dafür sorgen, dass Sie hier fliegen."

Kreise und Blitze durchschossen ihr Gehirn. Neben ihr lag auf dem Tisch eine große Schere, die sich gut in seinem weißen Kittel gemacht hätte. Mit letzter Kraft versagte sie sich, von ihr Gebrauch zu machen, weil sie kein Blut sehen konnte. Das schmächtige Kerlchen hätte sie auch mit bloßen Händen erwürgen können. Andererseits stand ihr Name auf den bereits fertigen Aufnahmen und im Terminkalender. Sie wollte nur Rache üben, wenn sie unentdeckt bleiben konnte.

Als sie jedoch von einer Krankenschwester erfuhr, dass dieser Arzt als besonders fromm galt, bedauerte sie, ihren spontanen Drang unterdrückt zu haben. Wenn solche Sadisten als fromm galten, wie verhielten sich dann hier die Unfrommen?

Ehemalige Privilegierte saßen neben früher Verfolgten mit Hafterfahrung. Der Arbeitsmarkt hatte sie alle zu Opfern gleichgemacht. Die meist älteren Menschen hatten ihre Arbeit verloren und krankten daran, hatten Freude und Hoffnung verloren. Sie fühlten sich überflüssig, aufs Abstellgleis gestellt, wofür sie sich noch nicht alt genug fühlten.

Es rührte sie, als ein älterer Patient vom Zusammenhalt seiner früheren „Brigohde" und seinem ersten Trabbi erzählte. Ost und West waren vereint im Leid um verlorene Arbeit.

Inge mochte das Personal. Die Ärzte und Therapeuten waren bis auf einige Ausnahmen überwiegend fürsorglich und höflich. Sie hörte zwar oft Reden anderer Patienten wie „Das sind alle eiskalte Wessis", war aber anderer Meinung.

Ein Mitpatient war aufgrund seines Alters völlig chancenlos bei der Arbeitssuche. Er brachte die Gruppe zum Lachen, als er erzählte, er ginge einmal wöchentlich zum Arbeitsamt, um nach einem Job zu fragen, wo man schon ungehalten darüber sei. Die Ärzte verhalfen ihm zur Rente, worüber sich alle freuten.

So langsam ging ihr alles auf die Nerven, sie wollte nach Hause. Sie konnte das überhebliche dumme Geschwätz einiger nicht mehr hören, die sich den sogenannten „Alkis" überlegen fühlten und sie von der Seite betrachteten. Die Kurklinik therapierte zu 90% Alkoholiker, frisch vom klinischen Entzug kommend, und zu 10% Patienten mit psychosomatischen Erkrankungen.

Sie erfuhr, dass die Alkoholiker nicht sanft angefasst wurden, und bewunderte deren Durchhaltevermögen. In dieser abgeschiedenen Landschaft war es zum Glück schwer, an Alkohol zu kommen.

Sie hasste die Arroganz ihrer Mitpatienten. Wie oft hatte sie früher in üblen Zeiten im Supermarkt ihre Hand nach Alkohol ausgestreckt, hoffend auf die wärmende Trostfunktion für Herz und Bauch. Es war nicht ihr Verdienst, dass ihr eine innerliche warnende Stimme den Befahl gab, die ausgestreckte Hand ohne Flasche wieder zurückzuziehen. Frühere Erfahrungen hatten sie gelehrt, dass alles hinterher nur noch schlimmer wurde. Es war klar, dass sie und andere Patienten eben nicht alkoholkrank waren, was überhaupt keine Überlegenheitsgefühle zulassen durfte.

Einmal jährlich wurde in den Sporthallen der Klinik ein „Mammuttreffen" veranstaltet. Aus Nah und Fern angereiste trockene Ehemalige feierten einen ganzen Tag mit allen Patienten, Therapeuten und Ärzten bei Kaffee, Tee, Sprudel und Säften. Abends mischte eine Band alle tüchtig auf. Die strahlenden Gesichter derer, die es geschafft hatten, vergaß Inge nie.

Eine Mitpatientin beschimpfte sie, sie könne nicht krank sein, da sie so ausgelassen tanze. Inge berührte das gar nicht. Hingebungsvoll bewegte sie sich nach den Rhythmen der Band. Sie hatte durch die fröhliche Atmosphäre dieser Riesenfeier Auftrieb bekommen und gesehen, dass es im Leben anderer positiv aufwärts gehen konnte.

Bei ihrem Entlassungsgespräch erfuhr sie, dass sich der im Zentrum ihres Darms festgesetzte Schmerz chronifiziert hatte. Sechs Wochen Reha-Maßnahme hatten keine Besserung ihrer Leiden bewirkt. Man gab ihr den Rat, nicht mehr zu den jungen Chefs zurückzugehen, sich Arbeit in einem anderen Beruf zu suchen, und entließ sie arbeitsfähig.

23

Zu Hause war ihr alles fremd geworden. Die Hausbewohner benahmen sich immer rücksichtsloser. Türen wurden zugeknallt, Zigarettenkippen auf ihren Balkon geworfen, im Hof lag überall Müll, ihr Gruß wurde nur widerwillig erwidert.

Ihre Besuche in Nobelkaufhäusern, mit denen sie sich gelegentlich über ihren grauen Alltag hinweggetröstet hatte, waren auch frustrierend. Das Publikum in den Kaufhäusern war nicht mehr das Gleiche wie früher. Sie vermisste das Berliner Herz, die flotten Sprüche. Die Menschen lächelten nicht mehr. Die Frauen um sie herum sahen aus wie geklonte Ziegen, mit ausdruckslosen Gesichtern, uniformiert in ihren noblen Fähnchen.

Der Anblick vieler verwahrloster Straßenkinder und abgerissener Obdachloser war erschütternd, ihre Zahl musste wohl wieder zugenommen haben. Das war nicht mehr ihre Stadt, sondern der Ort ihrer Vernichtung und Niederlage. Sie wollte fort, weit fort.

Der Personalchef, Herr Werra, schrieb ihr, er werde wegen ihrer krankheitsbedingten Abwesenheit die Konsequenzen dieser Tatsache auf ihr Arbeitsverhältnis prüfen und hoffe, sie sehe sich zu einem Telefonat in der Lage. Andernfalls müsse er auf Basis der Aktenlage entscheiden. Der gestelzte, leicht ironische Stil amüsierte sie. Dreimal rief sie ihn erfolglos an, bekam ihn nicht zu sprechen. Jedes Mal sagte man ihr, er sei „zu". Da warf sie seinen Brief in den Mülleimer. Was hatte sie noch damit zu tun? Dieses Kapitel hatte sie abgeschlossen. Sollte er ihr doch ruhig die Kündigung zustellen, das war ihr alles so egal.

Die Krankenkasse zahlte nicht mehr, also lebte sie vom Ersparten, mit dem sich sparsamer Umgang gebot. Es störte sie sehr, dass sie keinen Schutz der Krankenkasse mehr hatte. Die Kurklinik hatte sie bei der Entlassung noch ausreichend mit Antidepressiva versorgt.

Sie wohnte in der Bundesallee und fand heraus, dass durch Zusammenlegung der Arbeitsämter sich das für sie zuständige Amt in Lankwitz befand. Sie radelte über die Bundesallee durch Steglitz zum Hindenburgdamm und erreichte, halb vergiftete von Abgasen, um sieben Uhr das Arbeitsamt.

In der Etage für kaufmännische Mitarbeiter und Verwaltungsangestellte wimmelte es bereits dichtgedrängt von Arbeitslosen, darunter viele Frauen ihres Alters und älter. Sie zog eine Nummer und setzte sich, da kein Sitzplatz mehr vorhanden war, zu Anderen auf die Treppe. Nach vier Stunden Wartens wurde ihr schlecht vor Hunger. Es ging auch kaum voran, schleppend wurden die Nummern angezeigt, die Menschenmenge nahm zu. Sie fuhr mit dem Entschluss nach Hause, sich dort nicht mehr blicken zu lassen. Sie fürchtete, dass dieses nicht die richtige Entscheidung war.

Baden-Baden erschien ihr weit genug entfernt von ihrem jetzigen Domizil. Im Fernsehen hatte sie einmal schöne Aufnahmen über diese Stadt gesehen. Sie überlegte, ob dort wohl ein Neubeginn möglich wäre. In einer Baden-Badener Tageszeitung inserierte sie ein Stellengesuch als Haushaltshilfe. Vielleicht hatte sie damit trotz ihres Alters noch eine Chance. Hausarbeit hatte ihr immer Spaß gemacht, da konnte sie sehen, was sie geleistet hatte, was ihrem Streben nach Erfolgserlebnissen entgegenkam.

Die Zuschrift eines Dr. Rudolf Willamow sagte ihr zu. Sie rief ihn an, um einen Vorstellungstermin auszumachen. Dabei gestand sie ihr Alter und dass sie bisher im Rechnungswesen gearbeitet habe und noch nie in einem Haushalt. „Das macht nichts", antwortete er, „kommen Sie nach Baden-Baden und stellen Sie sich vor."

Als sie mit einem Nachtzug nach Baden-Baden fuhr, kamen ihr Bedenken: In welche Lage würde sie sich bringen, würde sie sich Launen und Ungerechtigkeiten aussetzen, konnte sie von der Bezahlung existieren, würde man versuchen, ihre Gutmütigkeit und Hilfsbereitschaft, die schon an Dummheit grenzte, auszunutzen?

Andererseits wusste sie genau, heute war sie tatsächlich nicht mehr „teamfähig", wie man es ihr damals unterstellt hatte. Allein der Gedanke, in einer Gruppe arbeiten zu müssen, von jungen Leuten ablehnend beobachtet, löste bei ihr Schweißausbrüche und Beklemmungen aus.

Als das Taxi sie vom Bahnhof zu der angegebenen Adresse brachte, wurde sie ganz ruhig. Ihr Instinkt sagte ihr, dass sie sich nicht schaden würde. Das Anwesen entsprach ihren Vorstellungen von gelungener Architektur um die Jahrhundertwende. Dr. Willamow nahm ihr schnell die Hemmungen, indem er sie freundlich begrüßte und für ihr Kommen dankte. Er war ein älterer Herr, nicht groß, schlank, mit warmer Stimme und durchgeistigtem Wesen.

Ihre Biografie interessiere ihn nicht, da man Lebensläufe fälschen könnte. Er verließe sich auf seine Menschenkenntnis und würde sie gerne einstellen. Eine Putzfrau und ein Gärtner würden einmal wöchentlich kommen. Seine bisherige Haushaltshilfe habe sich auf ihre alten Tage noch einmal frisch verliebt und sei zu ihrem Bekannten ins Saarland gezogen. Er sei anspruchslos und bescheiden, brauche aber jemanden, der für regelmäßige Mahlzeiten sorge, damit er nicht verhungere. Die Bezahlung war angemessen. Unter dem Dach war ein Speicher zu einem Wohnraum mit Badezimmer ausgebaut, wo sie wohnen sollte. Inge willigte ein, so bald wie möglich anzufangen. In Berlin fand ihre Wohnungsgesellschaft sofort einen Nachmieter, dem sie schon 14 Tage später die Wohnungsschlüssel übergeben konnte. Von ihren früheren Trödelmarktbesuchen kannte sie einen An- und Verkäufer, der ihr eine angemessene Bezahlung für ihre Habe aushändigte.

Ihr war alles egal, außer dass sie von hier schnellstens fort wollte. Wieder stand sie vor einem neuen Lebensabschnitt, mit wenig Kleidung und Wäsche in einer Tasche und etwas Bargeld. Als sie ihr Zugabteil bestieg, dachte sie bei sich, „Das nenne ich Karriere."

24

Ihr neuer Arbeitgeber blieb gleichbleibend freundlich. Er war 80 Jahre alt und beeindruckte sie sehr mit hoher geistiger Präsenz.

Der körperlicher Einsatz bei der Hausarbeit – sie half zusätzlich freiwillig der Putzfrau und dem Gärtner – ließen ihre Depressionen abklingen. Nachts stellte sich wieder erholsamer Schlaf ein. Langsam baute sie ihren Tablettenkonsum ab, bis sie keine mehr brauchte. Gegen ihre chronischen Magen- und Darmschmerzen half sowieso kein Medikament. Ihre Merkfähigkeit besserte sich, ihr Gedächtnis nahm wieder die Tätigkeit auf.

Ihre von Alfonso gelernten Kochkünste erfreuten ihren Arbeitgeber. Sie registrierte, dass er sie beobachtete und spürte seine unausgesprochene Anerkennung, wenn sie der Putzfrau - einer älteren abgearbeiteten Person – die schweren Arbeiten abnahm und dem Gärtner zur Hand ging. Herr Dr. Willamow nahm sie in jeder freien Minute in Beschlag, um sich mit ihr zu unterhalten. Er war leidenschaftlicher Ägyptologe, vermittelte ihr viel Wissen über die Lebensverhältnisse im Niltal des Altertums. Seine lebendigen Erzählungen faszinierten sie. Geschichte, Kultur und Kunst hatten sie schon immer interessiert.

Schnell lief ihr Verhältnis auf eine Vater-Tochter-Beziehung hinaus. Das „Du" stellte zusätzlich Vertrauen und Nähe her. Jeden Tag ging es ihr besser, die Arbeit löste alle Spannungen. Sie sah in Rudolf den Vater, von dem sie als Kind geträumt hatte.

Seine Frau, eine Anwältin, war vor 10 Jahren an Krebs gestorben. Der einzige Sohn war vor 15 Jahren bei seinem Einsatz in der Wüste als Archäologe bei einem Unfall ums Leben gekommen.

In seinen Augen las sie Liebe und Achtung. Somit stellte sich auch wieder ihr gutes altes Selbstbewusstsein ein. Sämtliche Ängste hatten sich in Luft aufgelöst.

Als er ihr die Heirat anbot, damit sie für immer ein Heim und Sicherheit erhielte, war sie dermaßen vor Glück überwältigt, dass sie weinte. Nach der Eheschließung ernannte er sie sofort testamentarisch zur Alleinerbin, da – wie er fand – seine Verwandten in Hamburg mehr als genug zum Leben hatten.

Sie stand nicht mehr vor einem großen hohen Zaun, der sie vom Leben in seiner Pracht und Fülle ausschloss, sondern dahinter, war mitten drin, war endlich dabei.

Sie reisten kreuz und quer durch Europa zu den bedeutendsten Kunststätten, Museen, Schlössern und Kathedralen. So sehr wünschte sie Rudolf ein langes Leben und tat alles, um es ihm so angenehm wie möglich zu gestalten. Bei ihm erfuhr sie eine nie gekannte Geborgenheit. Als er nach zwei wunderbaren Jahren starb, war ihre Trauer groß. Ihr Erbe war so beträchtlich, dass sie es nicht fassen konnte.

Trotzdem ließen sie Berichte über immer mehr Mobbing nicht unberührt. Wer hatte schon so viel Glück wie sie?! Als der Fernsehsender „arte" darüber eine Dokumentation mit Interviews von Opfern sendete, war sie erschüttert.

Inge hatte die „Karrieren" von Menschen, die Teil dieser schmutzigen Angelegenheit waren, drastisch und für immer beendet. Die zwei von ihr aus dem Verkehr gezogenen Personen konnten kein Unheil mehr anrichten. Sie stellte sich die Frage, wie entvölkert Deutschland wohl wäre, wenn man alle Täter, Mitläufer, Existenz- und Seelenzerstörer auf die von ihr praktizierte Art „bestrafen" würde. Und wieder kam ihr das Zitat von Heinrich Heine in den Sinn.

Dennoch machte sie sich über neue Ermittlungstechniken der Polizei Gedanken. Da sie mit Alfonsos Schwester Maria Elena, die in San José lebte, korrespondierte, kam ihr häufig der Gedanke, in Costa Rica mit einer neuen Identität unterzutauchen, bevor die Polizei sie doch noch wegen Mordes ins Spiel bringen konnte. Spanisch hatte sie inzwischen gelernt, und irgendwie reizte es sie, wieder ein neues Leben zu beginnen. Aber sie hätte es nie fertig gebracht, das Stück Heimat, das ihr gehörte, zu verlassen.

Außerdem liebte sie einheimische Gewächse mehr als tropische Pflanzen.

Zeitfracht Medien GmbH
Ferdinand-Jühlke-Straße 7
99095 Erfurt, Deutschland
produktsicherheit@kolibri360.de